名家小写文集

# 四季的倾听

沈天鸿 著

北京联合出版公司
Beijing United Publishing Co.,Ltd.

图书在版编目（CIP）数据

四季的倾听 / 沈天鸿著. -- 北京：北京联合出版公司, 2024.8. -- （名家小写文集）. -- ISBN 978-7-5596-7919-2

Ⅰ. I267

中国国家版本馆 CIP 数据核字第 2024NW7899 号

四季的倾听

作　　者：沈天鸿
主　　编：张海君
出 品 人：赵红仕
出版监制：张晓冬
责任编辑：高霁月
特约编辑：和庚方　张　颖
封面设计：立丰天

北京联合出版公司出版
（北京市西城区德外大街 83 号楼 9 层　100088）
三河市同力彩印有限公司印刷　新华书店经销
字数 260 千字　710 毫米 ×1000 毫米　1/16　13 印张
2024 年 8 月第 1 版　2024 年 8 月第 1 次印刷
ISBN 978-7-5596-7919-2
定价：65.00 元

版权所有，侵权必究
未经书面许可，不得以任何方式转载、复制、翻印本书部分或全部内容。
本书若有质量问题，请与本公司图书销售中心联系调换。
电话：17710717619

# 我对散文的认识（代序）

我发表的第一篇文学作品，是1976年我第一次写出的一篇文章。那时我在农村里做渔民。写出来我也不知道它是什么，因为不懂投稿，把这单篇散文寄给了一家出版社，竟然被直接收进了一本打倒"四人帮"后意图回归文学的散文集，我这才知道它叫"散文"。这样的懵懂状态，当然不会有自己的散文观。

后来一直到1981年，写出的散文都是投出就发表了，逐渐获得称赞，我却越来越厌烦自己的散文了，觉得有个套子，苦于不能突破。于是就暂时停下散文去写新诗。新诗写得比较顺利，写了二十多首就从自由来稿中被诗刊社看中，参加了当时极有影响的"青春诗会"（1982年，第二届。第一届的参加者是北岛、舒婷等人）——提到这个是用来佐证我的诗那时就已初步具有了自己的特色。因此，我再写散文时，自然而然地就获得了自我突破。也就是说，我开始对散文有了自己的观点——

1982年12月，安徽省散文理论研讨会在巢湖召开。当时中国散文界的一个主要话题是散文是否可以虚构。占据上风的观点是散文必须完全真实，不允许虚构。巢湖会议的中心话题也是这个。我的观点是先区分开文学的和非文学的这两种散文，而文学的本质就是虚构，不能也不应该向文学要求绝对的客观真实，仅仅是从散文的文体，即区别于小说而言，散文所写的事情、人或景或物，应该真实，但局部细节可以而且必然有虚构。要求散文绝对真实不允许任何虚构者最喜欢用《史记》中的散文作为自己观点的例证，但《史记》是史志体，属于历史学，不属于文学，不是散文。而且，作为史志的《史记》中被错当成散文的那些篇章，也都充满了虚构，例如，司马迁怎么可能知道陈涉的确说过"苟富贵，无相忘。""嗟乎！燕雀安知鸿鹄之志哉！"？仅仅是司马迁的合理想象而已。虚构，就是想象。要求散文绝对真实，不允许任何虚构，就取消了想象，取消了想象就进而取消了文学。

实际上，即使是非文学的散文，也仍然会有虚构之处。绝对真实是不可能实现的。

记得我还举了《岳阳楼记》为例子：写《岳阳楼记》时范仲淹并没有到过岳阳楼和洞庭湖，完全是虚构。但他登过其他楼看到过其他湖，他将他的那些经验和体会用在了岳阳楼和洞庭湖，无论是客观本质还是艺术本质都仍然是真实的，不能说它虚假。而且，文学，包括散文的目的，都不是为了再现所写的对象，而是作者的情感和思想，也就是领悟，《岳阳楼记》的情感和思想，谁能说它不真实？

因为我有这样在当时是"离经叛道"的散文观，1988年1月我写了《中国新时期散文沉疴初探》并发表，指出当时被一致看好的中国散文普遍存在着古典性沉疴。对当时的散文界和散文理论有较强烈的冲击；1989年3月为一个研讨该文的研讨会又写了《散文文体非文学成分研究》作为"再探"并发表。它们不仅表明了我对当时中国散文的看法，也表明了我认为什么才是文学性散文的观点，集中体现了我的散文观，并且潜含着我后来在其他文章中说到过的观点。简略并概括地说，它们是：

一、在哲学探究的重点是"我们"即人类关于外部世界的知识的古典时代，散文的视点理所当然地只落在对人的外部事件和人的外部知识的描绘上，散文的结构和语言当然选择并满足于能准确清晰描述、传授这种知识的平面性表层结构和语言的说明性叙述句型（到 1988 年时的中国散文都仍然停留在这个古典时代）。而当代哲学已发生了一种重点的转移，这转移反映在罗素两本书的标题上，即从《我们关于外部世界的知识》转移到《意义与真理的探究》。这个转移决定了文体的转变：外部世界的知识现在只是手段而非目的，平面性表层结构因其之后有了深层意蕴亦即意义与真理的深层结构而立体化，语言也以呈现性描写句型为主，在组合运用中获得或发挥它的超越了字典含义的功能，这样，结构和语言都处于运动之中，从而使形式也成为有意味的。

二、在说出世界即外部知识上，散文远不如历史学、社会学等等，散文所展示的应主要是另一个世界：作品的即人的精神世界，丰富人和日常世界的联系，使人生活得更多：不断更换了生命的体验方式。

因此，纯粹的情感对于文学来说并无多大价值，重要的是情感之中或背后有没有以及有什么样的思考（即罗素所说的"意义与真理"）。只有被思考吹拂并赋予思想深度与力度的情感，才有可能是散文的生命。

我对散文的这个认识，既来自理论的思考，也来自自己的散文写作，比如 1986 年的《嘉峪关归去来》，1987 年的《结局或开始：门》《黄昏时分登鸣沙山》等等，就其写法和性质来说，在当时和其后较长时期内，它们都是孤独的。现在，当然不孤独了，在其后若干年，"文化散文""新散文"都陆续出现。

有人说，因为我也是诗人，所以才认为散文应该有诗意。其实不是。我的文学理论如果浓缩成六个字，就是"文学就是意味"。意味包含诗意，在文学文本中则自然生成诗意。诗意也并不是或者不仅仅是通常所理解的诗情画意那个层次的。那是最低层次的诗意。

"文学就是意味"这个表述来自一个散文作者的追问——

一位散文作者出示他发表乃至获某全国性奖项的散文，我读后答以均非文学性的散文，他因此问我：什么是文学？此问甚大，可以撰写无数部砖头厚的皇皇巨著，而非闲聊时可以细细道来的。我便以执其一而不及其余之法答之：有意味的才是文学。或者说，文学（文学性）就是意味。

我国的文学批评多惯于从文学作品中找意义，类似中学语文教学的归纳"中心思想"。这固然也无不可，因为文学作品自然是有意义的。但此种文学作品分析法自教育而至于文学批评皆一以贯之，且盛行数十年而不衰，便产生了这样一个误导：文学等于意义。

可以说，所有的文字作品都是有意义的。一个政治家的演讲稿是有意义的，甚至一张借条也是有意义的。但是很显然，这些都不是文学作品，它们的性质是非文学的。由此可见，仅有意义的便不是文学的。而有意味的作品，必定有其意义在——这意义被包容在意味之中，甚至是已经无痕地成为一体。

意味不是意加味，意加味虽然比只有意没有味好，但那只能算文学中的下品；可以看出包容痕迹的，算是中品；无迹可寻浑然一体的，方是上品。就意义来说，下品中的意义最少，中品者居中，上品中的意义则最丰富，而且这些意义甚至可以互相矛盾乃至对立，却可以各自符合文本，即可以根据作品而解释得通从而成立。"有一千个读者就有一千个哈姆莱特"，就是说的这个。

"有意味的就是文学"尤其适用于散文与诗歌，至于小说，则不完全适用。

形式方面，我以为现代诗的总体象征、隐喻，乃至意象等等，都是散文可以用甚至必须使用的。散文不能满足于形象，而应该把形象尽量上升到意象。散文自己独特的并且也是很重要的技巧是转——诗可以不转而直接脱节，散文一般不能脱节，必须转。由此一事或空间（无论是事还是场景，它都属于某一特定空间）到另一事或空间，再到又一事或空间……这之间就需要"转"。这种转所起的作用绝不只是形式上的联系上下文，更重要的，是体现作者的发现或曰思想——将两件或更多的事或场景，无论是并列还是递进地放到一篇散文中，如果只是因为它们是亲戚，是近邻，也就是说它们具有表面的相似性，作者也只看到这表面的相似性，那么可以肯定，这样写成的散文只会是一篇很一般的散文；它们必须是远距离的，性质相异甚至相反的，放到一起这才会产生令人预料不到的意外的火花甚至雷电，但这火花或雷电须由作者赋予的联系来产生，而"转"之所在就是作者赋予它们以自己发现的联系的地方。功力越高者，转得就越是简洁、出人意料，并且往往并不明白道出，而是点到即止的暗示，意味深长。所以，过渡节或过渡语并不是摆过渡去就可以的，它是"转"，是峰回路转，柳暗花明，是"溪桥忽现"，别有洞天。

  认识和把握文体的形式是重要的，但决定文学作品包括散文的性质的（即传统/现代），是其依据和所体现的思想的哲学性质，也就是说，那思想的哲学性质是古典的，那么它就不是现代性质的散文。

  什么是"现代"的？我以为一言以蔽之，就是：关注、呈现并思考人与万物的存在与在，和被存在。

沈天鸿

2012. 10. 17

  本文系《安徽文学》2013年第1期《沈天鸿散文》专辑配发的创作谈。

# 目 录

**第一辑　群山汹涌** ·············································· 001
　　忧郁的春天 ················································· 002
　　群山汹涌 ··················································· 005
　　鹧鸪啼鸣 ··················································· 010
　　人与草 ····················································· 013
　　春寒料峭 ··················································· 017
　　水·岸 ······················································ 020
　　那些玉米 ··················································· 023
　　水 ························································· 025
　　春雨童年故乡 ··············································· 028

**第二辑　令人敬畏的土地** ······································ 031
　　宇宙中心的日落 ············································· 032
　　青海高原：盐与水 ··········································· 036
　　青海高原：德令哈 ··········································· 040
　　鹞落坪行 ··················································· 044
　　鸽　子 ····················································· 047
　　长岭的雨 ··················································· 051

亳州，令人敬畏的土地 …………………………… 054
出生地 …………………………………………… 059
庄子故里行 ……………………………………… 062
十里铺边独秀墓 ………………………………… 064
边　缘 …………………………………………… 066

**第三辑　四季的倾听** …………………………… 069
最高的真实 ……………………………………… 070
天空之下 ………………………………………… 077
起伏的苍茫 ……………………………………… 083
在田野上 ………………………………………… 086
代　价 …………………………………………… 094
柔软与坚硬 ……………………………………… 101
最大的偶然 ……………………………………… 111
地面上就是天空 ………………………………… 118
大海陡立 ………………………………………… 123
不断飞来的云 …………………………………… 128
天高月小 ………………………………………… 137
日常生活 ………………………………………… 143

**第四辑　秘密** …………………………………… 151
夜之歌 …………………………………………… 152
那未完成的 ……………………………………… 156
风 ………………………………………………… 158
纸　上 …………………………………………… 159
菊花和石头 ……………………………………… 162
长江的波光 ……………………………………… 163
闹市中的野草 …………………………………… 164

早　晨 ………………………………………… 165
岩　石 ………………………………………… 166
雁　鸣 ………………………………………… 168
某些植物 ……………………………………… 170
札　记 ………………………………………… 173
雨的随想 ……………………………………… 176
雨中行走 ……………………………………… 178
荒　原 ………………………………………… 180
忠　实 ………………………………………… 181
哲学问题 ……………………………………… 182
火　柴 ………………………………………… 183
深　秋 ………………………………………… 184
春天的河流 …………………………………… 185
绿　叶 ………………………………………… 186
早春之夜 ……………………………………… 187
雨　夜 ………………………………………… 188
在夜里 ………………………………………… 190
睡　莲 ………………………………………… 192
短　章 ………………………………………… 193
秘　密 ………………………………………… 195

第一辑
**群山汹涌**

忧郁的春天
群山汹涌
鹧鸪啼鸣
人与草
…………

## 忧郁的春天

春天是一个忧郁的季节。持续的阴雨证明了这一点。麦苗、油菜都被笼罩在阴郁里，阴郁地绿，很可能油菜还得在雨中开花。

我还是小小少年就认识到了这些。那时春天的蒙蒙细雨中，常常有个孩子站在泥泞的路上，望着雨中金黄的油菜花，脑中一片空白，能站立很长时间，然后才猛地如梦初醒，抹一把脸上的雨水，继续走路。旁人看上去肯定觉得这孩子傻乎乎的。是的，我承认，我那时，甚至现在，都经常傻乎乎的——那个孩子就是我。

阳光下的麦苗青绿就是青绿，油菜花的金黄就是金黄。蒙蒙细雨中的麦苗和油菜花就不一样了，麦苗青绿得过分到淫邪，油菜花金黄到了极点而极其天真。而麦地和油菜地交错纠缠，又因为色彩截然不同而界线分明地在原野上无穷无尽地铺展开去——我那时就觉得，它们不是铺展，而是在风中起伏着朝远处跑去，但它们太多太拥挤了，在前面的始终在前面，在中间的始终在中间，落在后面的仍然在后面，怎么跑都被前面的挡着，于是，不停地奔跑却始终还在它原来在的那里。为什么会这样呢？我想不出答案，想不出答案再想下去，脑中就一片空白了。

还有一种情形，这就是那时我站下来看雨中的麦苗油菜，纯粹是审美，就像看一幅巨大的铺在地上的春天的画，它的热烈和忧郁的奇妙混杂令我看呆了，于是脑子中也一片空白。

让脑子一片空白的春天，对于一个孩子来说，分量太重了。

即使是现在，我仍然感到它是重的。

这个世界上重的东西很多，就连那些通常被认为是最卑微的野草，也在春天的雨水中葳蕤生长，嫩绿逼人，也有嚣张的气焰。而在田野中走动的人，仍然还是平常那样，脸上总是有着泥土的颜色，即使是孩子，也不可能因为是春天就开出花来。

当然，一般都认为春天是一个明媚的季节。我同意。春天确实因为植物萌生而有它明媚的性质和时刻。但是，想想为什么把清明放在春天吧，就会明白，春天实际是忧郁的。

将清明安排在植物萌生的春天，就是将生和死直接并列在一起。

很近的生和很近的死能看得很清楚，远了就看不清了就不知道了——这世界上每时每刻都有许多人出生，也有许多人咽下最后一口气，但我们都不知道，就是因为这生这死不是发生在我们可以知道的身边，这和蒙蒙细雨中的麦苗油菜有些相似：近处的，可以很清楚地看到它们的形状和色彩，包括看清每一线雨丝如何飘忽；远了，看到的就只是白茫茫一片，什么也没有。

城里不一样。城里即使春天也没有麦地和油菜地，有的只是紧挨着的楼房。一个城市肯定有许许多多楼房，但比高大的楼房都矮得多渺小得多的你看不到，你每次只能看见屈指可数的一些，甚至只看见墙，并且不让你看到整个墙，只允许你看到墙的一部分，比如现在我从窗子望出去，就只看见对面那栋楼的一点点墙。当然，还有雨，这个春天一直在下的雨。这些雨隔在我和我看见的任何事物的中间。

看不到和看到的远处是白茫茫一片，没有什么区别。

墙没有什么需要我操心的，它不开花，不结果；让我隐隐担心的是乡村中的麦子和油菜，这个太多雨水的春天，它们不能很好地开花结籽大概是难以避免的了——我不是农民，以前在乡村里也没种过地，因为我是渔民。但我仍然这样忧心今年的庄稼，就好像它们和所有的农民都是我的亲戚。

窗外的雨似乎终于停了。我走到阳台，看了看天空——天空依然灰白，像含着许多雨。我再一次感觉到春天是忧郁的，因为它有那么多孩子；因为我始终与万物同在于这个世界上。

# 群山汹涌

群山汹涌！它们不停地起伏奔驰，仿佛有急事，依据它们而非人类的法则。

它们要去哪里？不知道。地球只是一个意外的存在，我们，万物，和这些山，都意外地出现在这个本就意外的地球上，努力使一切都有原因，都符合我们找出的秩序。瞧，汹涌的群山也懂得这些，它们没有离开地面，汹涌中的它们也仍然保持队形。

但同样是山，南方的山和北方的山很不一样。

——这当然是废话。

山和平原是根本不同的。

这当然更是一句废话。

但这两句废话由一个南方人，并且是在比平原还低的地方长大，劳作多年的人说出，它就是真理。

这个人就是我。我生命中最初的二十三年，是在被围垦的湖底，和仍然在荡漾的河水湖水上度过，它们，都比平原低得多。而那些湖的一侧是长江，另一侧是绵延的低矮的丘陵。丘陵是一种介于山和平原之间的东西，那时还没有见过山的我，也没有把它们看成是山。

那时小小的我，对山充满了好奇和憧憬。甚至对石头也是这样，偶尔看到一块石头，就像看到了神奇之物，不明白在泥土之外，怎么还会有这样坚硬，不会被水融化的东西。

　　第一次看见并且登上山，是十五岁时在桐城。一连串的山起伏如波浪，汹涌奔驰，让我兴奋而惊讶——我想弄清楚它们是朝哪个方向涌去，但始终没能弄清，因为有两个相反的方向，而且都是你朝哪一个方向看，它们就朝哪一个方向奔涌。我选择了最高的一座山，有路偏偏不走，非要从没路的地方爬上去。在必须手脚并用的地方，第一次登山的我，手抠在石头上也有很愉快的感觉。

　　其实那是一座不怎么高的小山，记得名字是"莲花山"。它像莲花吗？根本不像。仅仅是给它这么一个名字的人，觉得它和莲花在形式上相似吧。从这个名字一直被使用来看，这错误从未被反驳——在这世界上，有许多这样的错误因为不需要反驳，而像真理一样被广泛接受。

　　后来，我陆续见过并且攀登过许多南方北方的山。南方的山草木繁茂，清秀妩媚。石头就像本质一样深藏不露。少数这儿那儿也露出石头的，也多有植物生长点缀，最著名的，当是黄山的"梦笔生花"，峭石顶端居然有松树生长！完全不生长任何植物的石壁、峰崖，也生长云雾，云滋雾润，湿漉漉的，让人觉得它随时会长出什么来，而且不论长出什么都不会让人感到意外。

　　我喜欢在这样的山里行走。甚至乘客车从这样的山里经过，也是愉快的。尤其是春天，山下全部是金黄的油菜花，半山以下是油菜花的金黄和树木的翠绿参差交错的色块，我怎么看也看不厌，被这单调色彩中的丰富深深吸引。如果还有断续的蒙蒙细雨，是在断续细雨和连绵油菜花不竭的纠缠与奔驰中穿行，我更会感到自己已经无偿地得到了整个春天——

　　这些简单而又代表一切的事物的涌现与纠缠，粉碎了所有粗野的欲望，记忆也被粉碎了，因此产生了空白，甚至是空缺。必须重新面对和寻找的一切，就像某个无人的深谷里，一块偶然被看见，周围都是油菜花、映山红和树木，但一直独自被冷冽溪水冲击的石头……

南方的山都是生命洋溢的山，可以居住。最深的深山里，也会遇到人家，或者寺庙，即使没有人家或寺庙之处，也能被蒸腾的禅意包围、浸润，与草木，与鸣禽，与渗出水来的岩石一同坐忘，虽然就像那无偿得到的春天，经历它要付出生命的分分秒秒，但惆怅和疼痛都是以后的事情。

北方，尤其是西北的山就大不一样了。祁连山、昆仑山，都只在它自己寸草不生的沉默中奔驰，在一无所有，甚至连云和雨都极其稀少的天空下，裸露着自己的一切，年复一年地承受着烈日和暴雪的打击。它们不供登攀，当然也不在游览的群山之列。那是只有它们才能存在之地。除了它们，没有什么，包括人，敢在那儿居住、生存。这让见惯了南方青山的我，极受震撼。

祁连山下是浩茫的戈壁，昆仑山下是高原。人一般仅仅是从戈壁或高原上经过，仰望一下它们，或者在有公路处，乘车穿过它们的一部分。我曾经乘车沿祁连山旅行数日，也曾乘车沿昆仑山脉奔驰几天，在我的感觉里，这两个山脉在这一点上是相同的：山下，大路尽头必定是小路和夜，里面隐藏着说不上是越来越低还是越来越高的天空。如果走上小路，很快就会发现小路四散，弯曲，辐射。更远处必定是群山，黛青，苍红，而最高处必定是积雪，没有季节的雪，风不断逼近，不断溃退，没有结束之时……那些雪的作用是什么？保持河流不死？使天空和大地，大地上生存的所有生灵的目光不变得黯淡？或许是，也或许不是——它们并不知道这世界上还有河流还有人，还有其他生灵。

很少的小路中，有一些早已荒废了，在有河流经过之处，稀疏野草如果远望倒也还可以说得上是弥漫，但荒无人烟之处的接天野草即使碧绿，展现的也是无边苍茫风吹草低——天苍苍野茫茫的古老的歌谣，仅仅被从遥远处路过的某个人想起。

在这样几百里很难遇到一个人的戈壁或高原，人就像一种最高的虚构，在真实和虚构之间活着，找不到也没有相反的法则。

我没有踏上过祁连山，只从青海格尔木进入过昆仑山。海拔四五千米的昆仑山，对每一个进入它的人都是生命的一种考验。但说来也奇怪，一直居住在海拔只有几米十几米处的我和同伴们，上昆仑山没有明显不适，送我们的司机下山后和我说，他最害怕上昆仑山。每次才到昆仑山标志那儿，他就已经头痛得厉害，喘不过气来了。昆仑山的标志在高原上，还没上山呢。我惊讶：要是他在山上这么说，肯定把我们都吓住了，因为山上公路常常是在悬崖峭壁的边缘上。我以为他是内地人，一问，才知道他居然是地道的西宁土著。西宁的海拔也已经有两千米了。一方水土居然不养一方人，这是普遍中的特殊？

但即使是不能让草和树生长，不让人和动物长期生存的祁连山、昆仑山，也仍然是风景，不过是和南方青山性质相反的风景罢了——南方青山让人感到生机勃勃，它们则告诉人什么是雄伟，以及生存的艰难甚至残酷。

登过许多山，见过更多的山之后，我对山仍然持有不衰的兴趣。人都是这样吧，不然怎么世界多名山，却没有名平原之说？多名山却没有名平原的原因或者奥秘，我想就是只有山是一次只允许你看一小点，最多是一部分，并且"横看成岭侧成峰，远近高低各不同"。我曾经写道：

> 当我登上那不高的山顶，一个在未登上山顶时看不见的世界，不分先后地同时在我眼前展开。
>
> 它是有限的。
>
> 我又登上了一座山的山顶，虽然这座山比刚才的那座要低一些，但我仍然看到了一个刚才没有看见的

世界。

它仍然是有限的。

如果我爬上一座更高的山呢？如果我登上最高的峰巅呢？情形仍然不会改变，每次我看见的，仍然是一个或大或小但总是有限的世界。

无限的世界，是一次一次地展现给我们看的。

它允许我们看的，总是有限。只有极少数人才获得这样的允许：从提供的有限中看见了无限。

是的。我仍然这样认为，没有可以一下就能全部看到的无限。即没有可以直接目睹的无限。

与无限相似的是本质。

本质没有外面，它总是在里面，不可以直接目睹。而且，我认为人类需要并且赖以存在和生存的那个无名无状的本质总是在低处，所以，在某一个拂晓我曾经看到，在夜色中突然显现的群山，就像是重新在地底升起，夜晚正变成白色。这让我想到，如果此时有人走上最高的山峰，他将会同群山一起，向远方依然是黑色的大地，那总是最低处的本质倾斜——

是的，想想在海边常常可以看到的情景吧：

群山冲进了大海！而远离大海的群山，虽然它们一直在原地，但它们一直在汹涌！

## 鹧鸪啼鸣

　　猝不及防。我不喜欢这个词。它有突然袭击并且把你击中的意思。但不喜欢并不意味着都能拒绝，尤其是猝不及防本就没考虑征求你的意见——现在，我被鹧鸪一声接一声的急促的啼鸣击中了，莫名地不安甚至有些微微的紧张。

　　窗外正是城市冬日的黄昏，灯还没有亮，天色极其阴沉昏暗，仿佛天空正朝大地拉下它自己，要把整个大地都收在它的罩子里。这正是我记忆中听到鹧鸪急促叫唤的天色。不过那往往是春季或者初夏，在雷雨将至或者天色向晚时分的田野或者旷野上，鹧鸪短促的叫声从不可知处传来，仿佛贴着地面滚动，然后被什么绊住了，突然停止，让人感受到没有了鹧鸪声之后的异样沉寂。但这儿是城市，并且是深冬，哪来的鹧鸪？它又为什么在这城市的空中啼叫？我茫然地朝窗外看去，看见的仍然只是茫然的灰蒙蒙的空气，灰蒙蒙的空气中除了墙，什么也没有。

　　猝不及防。我再次想起这个我不喜欢的词。

　　天色更晚了。我能感觉到，鹧鸪急促的叫声混合着黑暗，掠过我的面庞。

　　是的，是掠过。鹧鸪、鹧鸪的叫声和黑暗都在飞。

　　这是长江中游某城市岁末的一个傍晚。刚刚下过雨，天气和心情，都合乎节令地潮湿而寒冷。

鹧鸪的叫声和黑暗却是干燥的，尤其是那鹧鸪的叫声，似乎可以被折断。

果然，鹧鸪的叫声断了，并且不再被接上。

我没有能破译这只鹧鸪的叫声的意义。在乡村，初夏时鹧鸪的叫声被听成"割麦——插禾、割麦——插禾"。不过，我从来没认为它是在催促割麦插禾，我不知道它在说什么，只是那短促而急躁的音节，一旦响起就抓住了我，让我感觉自己仿佛不是站在春天或者初夏的田野上，而是悬在空中，心里空落落的并且莫名地焦躁。

我为什么会有这样的感觉？不合情理。那时我正年轻，而且春天或者初夏的田野，到处都是生机勃勃的绿，各种各样盛开的花，尤其初夏，还增添了即将成熟的麦浪，喜悦或者愉悦才合情理。但是不，就是不，鹧鸪的叫声取消了这一切，鹧鸪的叫声里有一种与眼前事物绝不相同，并且不可知、不可把握的东西，进入了我。它极其有力，具有广袤的无限性和扩张性，我不能摆脱。

在乡村的那些年，我每年都听到鹧鸪的急促叫唤，每年都重复着这种体验。这种体验年复一年地沉淀下来，以至于现在我在城市听到鹧鸪的啼鸣，被唤起的仍然是这种情感。

仍然还是这个问题：我为什么会这样？我知道古人将鹧鸪的叫声解读成"行不得也哥哥"，知道有个词牌叫《鹧鸪天》并填写过它。我甚至查过词典。后来读到并最喜欢的古人写鹧鸪的诗词，是张籍的《湘江曲》："湘水无潮秋水阔，湘中月落行人发。送人发，送人归，白蘋茫茫鹧鸪飞。"辛弃疾的《菩萨蛮·书江西造口壁》："郁孤台下清江水，中间多少行人泪。西北望长安，可怜无数山。 青山遮不住，毕竟东流去。江晚正愁余，山深闻鹧鸪。"

"白苹茫茫鹧鸪飞"和"江晚正愁余,山深闻鹧鸪"展示的空间和感受的性质,都正和我相似!

张籍、辛弃疾为何也有此种感受?想来想去,我以为是因为鹧鸪的叫声的性质。鹧鸪的叫声是什么性质?短促、急切,甚至还有些哀怨。而凡是生而为人者,谁没有这种性质的情感体验?这正合了欧阳修所说的"人生自是有情痴,此恨不关风与月"(《天一词·玉楼春》)。

不关鹧鸪事。

晋朝崔豹撰《古今注》说:"鹧鸪,出南方,鸣常自呼,常向日而飞,畏霜露,早晚稀出,有时夜飞,夜飞则以树叶覆其背上。"原来鹧鸪的叫声是自己呼喊自己的名字"鹧鸪"。这让我想起我写于1987年的诗《鲁滨逊》中的几句:

> 闲来无事
> 你便叫自己的名字
> 叫应了之后忽又沉默
> 原来自己对自己
> 也有难言之隐

名字是无意义的。"鹧鸪"有什么意义?
无意义的,令人不安甚至紧张。

# 人与草

　　自生自灭，看见又忘记世界的，首先是草。

　　大概没有人不喜欢看草，尤其是草色遥看——那当然是春天的草，青青的草色，在风中变化着光与影，但自身仍然是青绿的。它们还会开出这样那样的花，在春天，在夏天，甚至在秋天也会不管不顾地开花，虽然它们的花大多和小麦水稻的花一样，几乎不被看成是花，但它们无所谓。有人走过，有蝴蝶飞过或落下，雨来了又去，白昼黑夜轮换，它们都自生自灭，从容地看见又忘记世界。

　　夏秋之交是草长得最茂盛最密集之时。童年。少年。青年。多少次从荒湖滩这样密集的草中走过，那是比我还高的草，没有一丝风，呼啸的只有各种草混合的浓烈的气息，其中有阳光强烈的气味，给我的感觉，有如几欲中暑。四周沉寂，别无他人，村庄在遥远的远处。这儿，只有这些草趾高气扬地在生长，原始地存在，年复一年，却没有年轮。我仍然记得我如何挤过草丛而行，享受而又如一个噩梦——它们四面围绕我，刺割我，让我裸露的胳膊和腿上都血痕累累。

　　到处都有这样的草。我有时是在夜里穿过它们，看到它们和夜一样黑暗，从而像夜一样等于虚无，但仍保持锐利的存在。

暂时看不见的，是草里面隐藏着的东西——我很小时就知道，所有的草里面都隐藏着火焰。

但这不是说那时我就从草领悟了什么哲理。不是的，那时我仅仅是看到草就想到它可以用来生火烧水做饭而已。我生长所在的地方是一个圩区。圩区就是围区，被围起来开垦的一般都是湖。湖底的泥土亿万年没有种植，亿万年的水草腐烂淤积，是内陆少有的黑土地，除了必须留下的路，全都因地制宜地因为低洼而种上了水稻，没有什么能容许草生长的地方，而稻草是不经烧的，农民家里都缺柴烧，更不必说我们这些没有寸土的渔民了。耳濡目染，小小年纪的我就知道草的金贵，见了草我眼睛里都能冒出火来。

那是上世纪的七十年代。中国的一个特殊时代。

甚至走到山区，都常常能看到一种叫绊地根的草在烈日下暴晒。我不知道绊地根的学名是什么。它紧贴地面爬着生长，仅仅棉线粗细，生命力强但又十分可怜，一般生长在路边，或者板结的黄土上，是草中最穷的穷人。但就是它们，也被用锄头连根锄起，暴晒后磕去它根须上的泥土，运回家去烧火——能燃烧一两分钟也是好的。

人和草都在挣扎着。

渔民虽然没有土地，倒也无所谓，因为土地是不可能用来长草的。与农民相比，在割草方面渔民优越一些，这就是渔民有船，可以到湖里去割草。船虽然是生产队的，但因为家家都要借船去割草，也就只需要队长同意，不用付租船费了。而农民很少有船，要割湖里的草，就得涉水去割，而且只能就近割湖滩上的草。

那个有十几万亩水面的武昌湖，可以割回来烧火的草主要是蒿草和荷叶秆。荷叶的面积比蒿草还多，满湖都是，但人们还是割蒿草——荷叶秆是空心的，晒干了后火力不如蒿草。蒿草的火力其实和稻草差不多，还没有稻草好烧，但也只能选择蒿草了。

割蒿草是在深秋，那时蒿草已经长老了。直到我读大学二年级，每年我都要去割一两次。和父亲有时还有大哥，各驾一只向生产队借来的载重三四吨的船，凌晨就出发，划到有密集蒿草处天就亮了，可以开割了。割蒿草是个非常艰苦和累人的事情。要一直弯腰伏在船舷边，将装上两米多长把子的镰刀伸到水底，贴泥将蒿草割断，然后将漂浮在水里的蒿草拉上船。割满一船天就黑了，划着船舷齐水的船，以蜗牛的速度回到家，一般要在下半夜，再把草卸上岸以便把船还给生产队，天就又快要亮了。

记忆最深刻的是我读大二时的那次。因为读书而不劳动，体力下降，拼命割满一船草后，我彻底瘫在后艄，连坐起都不能。父亲急得无可奈何时，突然来了雷暴，刮起的强劲南风将我的船吹回了家——堆得高高的蒿草变成了意外的帆。

蒿草就是野茭白，只是结出的茭白非常小，而且很快变黑，不能食用。它的作用也就是烧火了。九十年代以后，农村家家用液化气，许多农田抛荒，野草疯长没有人割，蒿草就更没有人割了，年年疯长年年腐烂在湖里，湖底淤积抬高的速度很快，这样下去，湖快要变成沼泽了。

不需要实现体内火焰的草，是否就是幸福的？可能没有人知道答案，因为本来就没有答案。

有了以上所说的那些经历，我常常想，人是可以，或者说应该通过植物，包括草，去了解世界和人间，以及自己的。

人和草，都是白昼和黑夜的孩子。

没有那些经历的，例如现在的年轻人，对它们一无所知而外在于看到的植物和草，也有收获：他们看到了风景，到处发现了美丽——

十几万亩湖面长满了蒿草，尤其是在暮春或者初夏，站在高处放眼望去，那种在风中向着天边起伏、涌去的无穷的绿，让人只能听命于它，而没有了自己。

截然相反的当然是不毛之地。不毛之地就是连一丝头发那样的草都不生长的地方。那样的地方只能经过，而不宜居住。

城市也是不生长草的地方。人类的文明创造了城市这又一种不毛之地，然后作为弥补又在叫作"绿化带"的地方种一些永不开花的草，像对草的一种恩赐。但这有用吗？我知道，落在无边的植物和野草叶子上的雨，和落在城市水泥地上的雨，是截然不同的。不过，这样说并不表明我有什么感慨——我已见过太多的草。有时我会踏着其中的一些，穿过无路的荒野或泥淖，踏在它们身上时我每每感受到，它们有浅浅的，纠缠在一起的根，在土里，拒绝看见。

# 春寒料峭

水比泥土更为寒冷。这是我在水上生活二十多年得出的结论。冬天是这样，初春也还是这样。

春寒料峭。当那些初春，我俯在小船的舷边，不得不将挽起衣袖的胳膊都伸入水中，并且一伸就是一整天，我不止一次地想起"春寒料峭"这个词语。

发明这个比喻的人是了不起的，把料峭收入词典解释成"略带寒意"的人却比较笨或者说想当然——春寒不仅像陡峭的山，而且像陡峭的山那样令人有寒气入骨的感觉。所以，春寒料峭何止是略带寒意？那是入骨之寒。并且，我感到就如峭拔的山峰像刀那样锋利一样，料峭的春寒也有薄薄的锋利无比的刃，并且是有无数这样的锋刃，抵住我伸入水中的手和胳膊的皮肤，让我感受它的凌厉，连骨头都在痛。

好在那时我年轻，正是小伙子，这才能抵抗住。但伸入水中的那截胳膊和手，皮肤悲惨得难以形容，细小的伤口累累，鱼鳞一样密布，常常渗出血来。但第二天，我仍然得将它们再次伸到水中，那狠心，就好像它们不是我的胳膊和手。

仅仅是为了挣那每天 8 分工——成年人一天是 10 分工。

所以，多年前我一读到美国女诗人伊丽莎白·毕肖普的诗

《在渔舍》，就对它的结尾深有同感：

"如果你把手浸入水中，你的手立刻就会疼；你的骨头也会开始疼，于是你的手就会烧痛，仿佛这海水是火的变形。火在岩石上燃烧。以一种灰黑的火焰燃烧。如果你用舌头尝尝它，它的味道先是苦，然后是咸，然后一定会烧痛你的舌头。"

我认为她写的是冬天或者初春时的海水。只能是那季节的。不可能是别的季节的水。

而且她浸入水中的还只是手。

那时我把胳膊和手都伸入水中是在做什么？摸蚌壳。但不是所有的蚌，我们只要两种：三角帆蚌，褶纹冠蚌。它们的体形比较大，数量比其他各种小蚌少得多，一天下来，一个人不过能摸到一二十只而已。生产队用它们培育淡水珍珠。一般三只做成一只活的，吊在水里养育两年或以上就可收获珍珠。而我那时是全国闻名的人工培育淡水珍珠的土专家，因为一些关键技术是我突破的，并且发表了几篇论文。不然，养出的就不是珍珠而是一粒粒脓包了。也因为这个原因，生产队里其他人在初春下湖摸蚌壳，我不能不去，而且我还得更积极，因为这是我弄出来的"事业"。后来我考上大学，大队还不让我走，理由是你走了谁来研究珍珠？

那时我不知道自己几年后会去参加高考并且考上大学。小学没读完就回家的我，以为一生都在生产队里干活了。所以，我真正是以队为家，卖力地干活。但摸蚌壳这个活，主要靠的是运气，我的努力仅仅表现在摸的速度也就是推动船移动的速度快一些，以使接触到搜索的水域稍多一些——俗话说，走的路多遇到的人多。就是这个道理。

虽然目标物是那两种蚌，但遇到鱼当然也摸上来，并且很奇怪地，摸到鱼的快乐比摸到蚌的快乐大。能被摸到的鱼是鲫鱼、乌鱼、黄颡、鳜鱼，和小得简直不想摸上来的螃鲏。原因是这几种鱼喜欢趴窝，遇到动静不像别的鱼就急速游走了，而是趴在水底的某个小洼中"隐蔽"。它们在冬天和初春被摸到时，不是惊恐地离开那双手，而是向前拱，让人觉得它是想贴近掌心。那种小脑袋不停地拱着手掌心的感觉，非常奇妙，简直让我欲生怜悯之心，但我还是毫不犹豫地将它抓进了船舱。别的鱼被抓出水面时只挣扎，唯有黄颡不但挣扎，还会发出小婴儿似的叫声。人在对待非自己族类时，是从不觉得残忍是残忍的。一个人一生，要毁掉多少东西啊！

想来那些鱼之所以往掌心贴近，是因为它们也感到初春的水太冷了，而人的手尽管人自己觉得冻得难以忍受，但对于鱼来说，仍是温暖之物。温暖，有时也是致命的。

摸蚌壳这活大概只干了三个初春。后来一律用特制的大钉耙了。而且那活枯燥无味，没有任何可以记忆的细节，但它却在我的心灵深处执着地扎根，每年初春，我就会想起那春寒料峭的滋味，想起那辽阔的湖面上的波浪，就感觉到自己胳膊和手包括骨头又有痛的感觉。

初春的水，和那样的生存，都料峭地寒冷，却又像毕肖普诗中所说的火，只将人烧痛。

# 水·岸

对于渔民来说，岸只是临时停泊的地方，而水流转往复于江河湖泊，永远没有尽头。

我熟悉这种生活，熟悉各种各样的水的气息：江水带有轻微的泥腥气，河水如果没有污染，几乎没有气味——或许这就叫作"清新"吧？湖泊里的水，则散发着草的清香。我这儿说的草，其实是包括莲、菱、芦苇以及没于水下的各种水草在内的，它们的淡淡香气混合在一起，有风的时候任风吹拂，没有风时则懒洋洋地在空气中弥漫。

才十三四岁就到生产队做渔民的我很是注意这些，并且因此最喜欢在湖上作业。成年人对此却不在意，这让我很纳闷。后来当我的年龄使我也明白了什么是生活，我也变得不介意了——依靠体力勉强衣能裹体食能果腹的人，"生活"就是如何生存、活下去，做一个渔民，哪里有鱼就到哪儿去，即使那水本身就是香的，又有什么用？

体验、领略生活，固然不必非得在社会最底层，但不曾在社会最底层挣扎过的人，是只能设身处地而不会真切地懂得"生活"这个词的终极残酷的——它几乎剥夺了一个人之所以为人的所有东西，压抑着他将自己实现为人的那些潜能，从而将他降为一个人形动物。

"少年不知愁滋味"，少年因此是一段懵懂但可爱的年龄。

我的少年早已随着多少年前船底下那些汩汩流淌的水流走了，但那些水的气息，却仍然随时会迎面袭来，令我怅然，使我徘徊。我知道，这并非怀旧，而是对使生命醒来并显得美好的那些东西的眷恋。

一个人，或者说一个生命，脱离动物状态，提升到某种高度的要素固然很多，但我以为，最重要的是审美意识及能力——我这儿说的审美意识及能力，当然不是诸如"那女的真漂亮"之类——审美意识及能力与一个人的修养以及达到何种层次联系在一起，是一个人的修养或者说素质的体现。好像是罗丹说过，"美是一种发现"。美之所以是一种发现，需要发现，原因就在这里。

但即使是一个完全具备这种能力的人，也仍然在某些甚至很多时候，不得不放弃这种能力，做一个为活着而活着的人。这是一种无奈，更是一种悲哀——当然，在某些观点不同的人看来，却是一种快乐：肉体的快乐是轻松的、纯粹的快乐。我能理解这种人生观点或态度。那是"岸"，总有人愿意或者选择长久地耽于岸上；灵魂总是阴郁的，像水，波涛起伏，而且它总是令人"为古人流泪"那样"瞎"操心，即使也带来快乐，那也是夹杂着沉重的快乐。

这是一种矛盾。我猜想庄子正是因此苦恼，才发明了"心斋""坐忘"之类身心俱忘的方法。不过，即使真的做到身心俱忘，那也不过片刻吧，就像庄子梦蝶那个梦，短暂得在庄子将它记下来之后，也忘在脑后，并且不再做过。长在的只是水，逝者如斯夫的是万物，万物都在自己还是生命的时候，饮水，看见过水，做过渔民的我，现在仍然时时听到水声在我体内体外晃荡，岸仍然只是有时停泊之物，而那水的气息，有时清新，有时却完全像血。

# 那些玉米

　　那些玉米！那些玉米！它们从泥土里钻出的模样都那么令我心动！它们生长的速度自然也与水稻、麦子不同，因为它们必须长得高过人头，而它们肯定能做到这一点，几乎是轻而易举地，它们带着自己的生命高高地站立着，一览无余的平原因为它们而隐藏起来，只留下一条条或宽或窄但总是弯弯曲曲的道路，在玉米林中蛇一样地穿行——谁踏上那林立的玉米中间的道路，谁就消失了，并且因此获得一次间隔着一段时间后的重新出现。

　　但所有消失过的东西都还会重新出现吗？

　　月夜，四周寂静，只有草虫起劲地叫着。我从家里溜出来，像鱼一样游进屋后那一望无际的玉米地。看见的都是互相极其相似的玉米秆，密密师师，它们远远比我高，夜风吹动，玉米叶哗哗抖动，淹没了我碰出的些微声响，这使我有些肆无忌惮，直着腰大模大样地乱窜，甚至还因为陶醉而停下来：月夜里的玉米叶子呈玉一样的深深墨绿色，有一种神秘的意味在它们上面在它们周围缭绕。玉米穗上的红缨则变成了黑色，变成了夜，风吹动它仿佛是玉米的叹息，也仿佛是夜的叹息。刚刚长出的玉米缨是淡黄色的，此刻，淡黄变成了淡白，反射着淡淡的月光。——白天见过的一切，现在都像被施了魔法地变幻了色彩，笼罩在浓郁的玉米特有的清香之中，似梦非梦，恍恍惚惚，朝上望去，夜间的天空好像都是水，我有一种漂浮的奇特感觉。但最后，我还是由一尾快乐的鱼变成了一只硕鼠，兜里揣着手里拿着偷扳下来的几穗玉米，一溜小跑，钻出了玉米地，在远离玉米地也远离家的某个荒野，捡些柴草把玉米棒连皮放在草里烧，吃得两手和嘴巴都沾满草灰，然后才心满意足地回家去。

　　这样的事我干得不多。许多年后我才猛然醒来：在南方，那最后的大片大片的玉米地，都被留在我的身后，留在我的童年，二十世纪的六十年代。远远地留在身后就是消失。那个我曾经很害怕的看守玉米地的老人，他从这个世界上消失也有好几十年了吧？他活着的时候其实挺慈祥的，那时看青只是个象征，主要是防备从山上跑下来的野猪，小孩子扳三几穗玉米，他并不管，若是被他遇上了，他还会指导扳什么样的才不老不嫩正好吃——现在当然不会再有这样的看青人了，原因自然不是人们越活越小气，而是因为人口越来越多，慷慨不得了——但我就是莫名其妙地怕他。害怕，有时是不需要理由的。

　　一望无际的玉米地的消失，想来也是由于人口爆炸，有限的耕地要用来种植产量更高的农作物。

　　现在我从菜市场买新鲜的玉米，看见的是已经去掉包衣的玉米棒，生长它们的玉米秆是一棵也见不着的。见不着也好，大片大片的玉米地已经不会再现，我已经学会只品尝能吃到嘴的喷喷香的玉米。

# 水

谁能为我给水下一个定义?

水不是从地底涌出来的,而是从天上下下来的。我在水中生活了二十三年。那时,我是渔民,记不清有多少次了。我看着水——或者用习惯的说法,是雨,从天上就那么垂直,但一般是倾斜地落下来。

印象最深的是深秋的雨。粗壮,有力,冰凉,突然来临——我说的突然,是尽管知道它会到来,但一旦它真的到来时那种仍然压抑不住的惊讶、焦虑。世间一切让我们感到"突然"的事物,大都如此。现在它们到来,仍然赤膊在野外打鱼的渔民,无处避雨,对于他们来说,只有一个最好的避雨的去处,那就是水,水保护他们,让他们将下巴以下的整个身子隐匿于水中,暂时避开另一种水的袭击。我至今仍清晰地在记忆中细腻地体验到那河水或湖水的温暖。时间退回去二十年,那时我十四岁,正蹲在船边的水里,傻叽叽地望着啪嗒啪嗒落下来的雨,在我脸周围的水面上击起一朵朵雨花,似乎有点犹豫地漂移。其实,雨花根本不是花,只是一个个大小不一的水泡,漂移不了一瞬,便被接踵而至的某一雨点击中,破碎、消失,但新的水泡旋即形成。在发明这种蹲在水里避雨的方法之前,我从来不曾这样近地倾听雨声。但现在我反复回忆，仍然确信那时的我大脑中总是一片空白，只是机械地看着、听着，并且隐隐发愁：这雨，什么时候能停？水，已经又逐渐变冷了，或者说，已经又逐渐让人感到寒冷了。因为水其实从未变暖过，只不过是突然倾泻而下的雨比它更冷，相形之下，有过那么一阵儿让我们感到温暖的幸福时光罢了。

于是，不论遇到是如夏季那样的阵雨，还是名副其实的连绵秋雨，最终我们都得从水中一跃而起，上船操起桨，一路大呼小叫地打着呼哨或喊着号子，离开临时避难所疾驰而去。

水包裹了我们又离开了我们，但我似乎感到，雨从不停止，如同我在一首诗中写过的那样：雨下在我出生之前。

我猛然想起一句粗野的问话：

"妈的！一滴雨也能呛死人，你信不？"

说这句话的是老 ha。那时他正和我一起蹲在水中避雨。

这个 ha 字至今我仍不知该怎么写。这个音在我们安徽望江一带的方言中，是"傻""孬""劣等"以及诸如此类的种种意思。我们那儿的人大多数是文盲，可在语言文字上却有一种惊人的创造力。例如我们那儿的地名的第一个字是三点水加个赛字，这个字就是字典上查不到的。又如骂人的口头禅："你不像个辣椒！"骂得毫无道理，仿佛人人长得都像当地的小辣椒那样尖头尖脑才算正常似的。

老 ha 此刻也口出惊人之语，不过得要二十年时间我才理解他这句话的精辟，才知道这句话的生动、形象、深刻和不可多得，而当时我只以为他的 ha 劲又犯了，没头没脑地扯淡。

我朝多次被水弄湿因而变黑的草帽下老 ha 的那张脸看了一眼，算是回答。

老 ha 大约永远也没能想到他说出的是一句不该被人忽视的话，因此他对我的冷遇也心安理得，不再吭声。

老 ha 这人嗜酒如命，盛夏炎暑，连一把芭蕉扇也舍不得买，七角钱一斤的地瓜酒，却舍得隔三岔五地把积攒起来的分币毛票一枚一枚、一张一张地在柜台上排出去，他到底一次能喝多少酒一直是个谜，因为一个工才值一两毛钱，他兜里的钱总是远远不够他一醉，可反常的是，三五两固然醉，一两酒下肚却也照样醉，一醉就一边呜呜哇哇毫无羞耻地哭，一边往水里跳，赖在水里不起来，害得大家轮流下水去捞他。

现在该有五十多岁了，仍然嗜酒，只是双眼在前几年突然瞎了，医生说是慢性酒精中毒引起的，没法治。他也无所谓，说：只要喉咙管还是通的就行。不过听家乡来人说，他自眼瞎了后喝了酒就一声不吭，尤其怕水，连雨后路上的积水都小心翼翼绕着走。

这就是当年赖在水里不起来的老 ha 么？他仍然喜欢的，只是加了酒精的水了？

我朦朦胧胧地感觉到，能和我一起探讨水的定义的，似乎只有当年和我一起蹲在水里避雨的这老 ha，但有一点却又确凿无疑：他永远也不可能会与我讨论水的定义，因为老 ha 永远是老 ha。

那么，水就是水吧。

# 春雨童年故乡

夜间，一场小雨细微的雨声漂浮起钟声。

钟声是墙上那座电子钟发出的，音量和清脆都远远比不上那种老式机械钟，但在静下来的夜晚，仍足够让人听见。只是现在混在雨声一起，便使人有些难以区分了。但又何必非要区分清楚？它们在本质上都是一种声音，能够区分的其实只是量，多与少而已。而现在，我听见雨声中钟声正逐渐漂远，那水面上还有几瓣桃花，它们流啊流，终于被河滩上那露出水面的青草留住了。那是三十多年前那个春天的青草，在慢慢涨上来的春水中，正呼呼地往上长。水有些浑浊，因为雨不断地在下，下到地上，就带着泥浆仿佛知道河流在哪儿似的，一个劲地朝河流淌去。春天的河水因此有了流速，但不算急，一切都似乎恰到好处。

那时的我没有听见钟声，也不可能听见钟声。我这么说，除了那时家家都没有钟外，还因为那时的我在时间中长得还不够高，对作为时间象征的钟声根本就毫无意识，即使听见了也完全如同没听见一样。刚上小学的我，有足够的理由忽略乃至蔑视时间。但我喜欢时间的别名之一的春天，在一个总是漫长的冬天终于过去，春天可以让我逐渐脱去束缚得我已很不耐烦的棉袄棉裤，可以有许许多多诸如青草、蒌蒿芽和桃花油菜花这些东西让我开心，更重要的，是河水又开始涨了，河水一涨，我就听见河水中成群成群黄颡鱼游动时发出的"轧轧"声响。

黄颡在有些地方叫作"鞅轧"。李时珍《本草纲目》中解说："无鳞鱼也，身尾俱似小鲇，腹下黄，背上青黄，腮下有二横骨，两须。"所谓"二横骨"是指可以收缩的两根硬角。这时的黄颡极好钓。一放学，我就急急忙忙拿着我的钓鱼竿，在厨房的筲箕里抓一个饭团，到河边钓黄颡去。我的钓具极其简单，钩是用手弯曲大头针做的，拴上一根棉线，随便找根竹子或者树枝充当钓竿，便成了。好在钓具简单，因为我放学回来常常发现钓具不见了，得临时重做。想来是被我母亲或者父亲给扔了。他们不许我钓鱼，说是既影响学习又不安全。但当我把鱼钓回来了，却也并不多说什么。于是我风雨无阻只争朝夕地大钓黄颡。初春多雨，雨水淙淙流入河中，喜欢戏水的黄颡都游到河边上来了，正利于我垂钓。要不了一顿饭工夫，我就能钓上十几条满载而归。现在回想，那时河里岂不几乎都是鱼？否则，我那么蹩脚的钓具和钓技，怎么会那样得心应手？不过三十多年，那已经完全近乎一个梦，现在的河里鱼类已是小国寡民，早已无人能耐住性子垂钓了。只有那时的雨现在仍然在下，那时的春天现在仍然每年到时就会回来。

春天和春天的雨就在我的窗外，但我看不见雨落在那河面上那无穷无尽 圈圈扩散的涟漪了——那河是故乡的河，故乡今夜在我身处的时间之外，那儿今夜可能并没有雨，一轮明月下，没有鱼儿戏水泼剌的河流，在月光下闪着细碎的光波正寂寞地无目的地流淌……

## 第二辑
## 令人敬畏的土地

宇宙中心的日落
青海高原：盐与水
青海高原：德令哈
鹞落坪行
…………

# 宇宙中心的日落

异国的日落也不过如此，一如我在我中国的家乡和异地看到的一样：阳光慢慢变得温和，太阳的颜色渐渐变红，逐渐接近地平线，把深暗的红色涂抹到人和树和一切物体上……

感觉似乎也是一样的，我感到有莫名的怅惘从那阳光的红色中渗透而来，让我不能幸福，不能欢呼，只能看着那落日，缄默地。

但应该有所不同，因为这是柬埔寨巴肯山的落日，被戏称为"万国侨民"来自世界各国的人们，许多已经聚集在山顶，还有许多在山顶下排出长长的队伍。他们，她们，从世界各地赶来，要看的这落日，应该只是这里的。

巴肯山坐落于吴哥窟西北，高仅 70 米。仅有 70 米高的小山，如何成了世界闻名的看落日的名山？我想，原因有两个。一个是柬埔寨的山很少，巴肯山已经是了不得的山了。另一个重要原因是它西边是开阔的西池，东南方雨林中就是吴哥窟，在巴肯山顶可以居高临下俯瞰吴哥窟。而且，它离举世闻名的吴哥窟仅有 1.5 公里，各国来看吴哥窟的人们，如何能不来登山一眺？

我们一行就是在游览了大小吴哥后驱车而来的。下车登山，山道坡度极平缓，路面很宽，说是登山，其实和闲庭信步差不多。路面是沙与土的混合。这又是柬埔寨的特色了——柬埔寨山少因此石头也少,据说水泥完全是从国外进口。不过作为游客的我们,并不关心水泥。水泥是建筑的必需之物,我们在这儿不建筑,我们仅仅行走,漫不经心或全神贯注地看看建筑,看看热带雨林,看似乎见过和从未见过的一切,把它们不分青红皂白地统称为"风景"。

巴肯山的风景在山顶。在那最高处。山道环绕了几乎半个山后终于停止转圈,转过又一个弯后,山道终结了,山顶突然出现在眼帘中——不,是突然出现在傍晚的天空中。与山体都被极其蓊郁的树木遮蔽不同,它像一个高耸的祭坛,上面没有一棵树,只有黝黑色的一些石头建筑耸立其上,朝西的那面,被夕阳镀红,并且掺杂微微的黄色,石头沉郁的黑色成了底色,但仍然顽强地表现出来——使那红色和黄色都变了它们本来热烈或明亮的色调,变暗而极其凝重,仿佛被什么无形的巨大之物压迫,而在努力承受,并且承受住了。

游客必须被一批一批地放行上到山顶。终于,在夕阳即将沉没之前的那一刻,我们一行人被允许登上山顶。朝西方极目望去,全都是无际的热带雨林,雨林中一块不规则的空白,是洞里萨湖。遥远,使它滔天的波浪不再存在,甚至东南亚最大的这个一万多平方公里的淡水湖也被取消了,仅仅是一块空白,想象也不能填补的空白。这让我讶异。距离,竟然有着这样取消一切的功能!雨林中一棵棵不相同的树,树上不相同的叶子,也都被取消了,我看到的是茫无涯际的一片勃郁的苍茫,这苍茫在脚下和不远处是苍郁的青绿,然后向红和紫过渡,在接近夕阳处又变成血红的色调。这些色彩,随意地高高低低,凝然不动。其实它们应该是起伏的,因为有风。

这样密集、广袤的树林里,有房屋和人吗?应该有的。并且应该还有各种我从没见过的鸟、昆虫和野兽。大小吴哥窟就曾经被迅速生长的雨林湮没几百年，然后才被"发现"。但现在我能看到的仅仅是雨林，甚至也不是雨林，而只是一个巨大的色块。

　　我被震慑住了。我看到的不是风景，不是美（尽管它的确很美），而是自然的浩瀚与无言。我感受到的是茫然，而且仅仅是茫然。这是一种让我感觉到人的渺小和有限的茫然。陈子昂登幽州台四眺的感受大约也如此，只是我没有他那样激烈。或许，登高远眺必然令人意识到自己和人的渺小或者说不可克服的局限？

　　山顶上的石头建筑是巴肯寺，虽然早已破败成残垣断壁，但它是九世纪时吴哥国王阇耶跋摩一世建都吴哥后，建造的第一个寺庙，被称为"第一次吴哥"。它供奉的是印度教的湿婆。当时共有109座黄金宝塔，现在肯定没有109座了，而且宝塔也不再是黄金的。也已没有僧人和香火，有的只是遍布黑色的石头建筑。柬埔寨的石头只有两种：沙砾石和海底的火山石。它们都是浅红色的。建筑巴肯寺的石头当然也是浅红色，遍布而掩去石头本色的黑色，是风雨和时间的共同杰作。这种黑色很奇怪，不是苔藓，仿佛是石头里长出来的，就像人脸上的老年斑，几乎覆盖了石头的脸。石头也老了——见过它们的许多代人都已把空间让给了后来人，石头如何能不老？在橙色的斜阳中，它们成了一些没有细节的孤独的剪影，越发清晰就越加孤独……

　　巴肯山被柬埔寨人视作须弥山——婆罗门世界的宇宙中心。现在，我站在这断壁颓垣四处横立的宇宙中心看到，夕阳已经沉没。夕阳在沉没的那一瞬速度突然加快，就好像地平线下有一双神秘的手，一把将它拉了下去。余晖虽然还在弥漫，黑暗却立即就以更快的速度渗透而出，除了天空，地面万物开始模糊。异国的夜来临了，但这又是我多么熟悉的夜色来临时的情景啊！

　　如果日出是生，那么日落就是死。目睹了一次死亡的我们，仍然活着的我们，在模糊的黑暗和越来越少的余晖的交织之中下山。这时我们再次注意到上山时就听到的尖锐的哨声，它一刻不停，虽然分贝不高但仍很嘹亮。这是什么东西发出的声音？为什么要发出这样的声音？不得而知。虽然我知道我的这个想法不可能成立，但我还是这样想：蜂拥的游人与巴肯山与巴肯寺的那些石头毫无关系，所以，这长鸣不已是为了驱除巴肯山——宇宙中心的孤独与寂寞。

## 青海高原：盐与水

青海。青色的海。

从"青海"这个命名做这样的联想，当然应该是正确的，但现在我能看到的青色的海仅仅在天上——几乎没有云的天空，青得深沉，不肯像波浪那样起伏。

命名总是最初的，最初将这方天空下的高原命名为青海肯定没有错，那时，肯定是海水到处荡漾，在这海拔也就是高于海平面两千多米甚至三千多米的地方。是时间之流冲走了海水，让最初的正确变成了现在的错误。

我来到青海既不正确也不错误，属于恰好；正是7月，内地炎夏开始，而青海是油菜花开的春天，一年中最好的季节。

青海高原上的油菜花只适合远望而不宜近观。远望青海湖或者湖那边群山上的油菜花，是形状各异的大片大片金黄，在强烈的阳光照射下反射出与阳光一样金黄的光，直射进太阳，让我感到它们有一种剽悍的气焰，与内地总是被笼罩在雨水或者潮气中的油菜花十分不同。但是，在车上看到的公路边上的油菜花，极其稀疏并且极为瘦弱，就像是无数侏儒。不过，它们仍然挣扎着开花，不仔细看，会认为它们是在昂扬地开着花。这不能不让人感叹有生命者生命力的顽强，在这不毛之地也能生存并且开花。

这些油菜花里是不是也含有盐？置身远古从海底隆起的青海高原，我恍惚觉得连空气中也有看不见的盐分在荡漾，被我呼吸。

青海湖，中国最大的内陆湖，也是中国最大的咸水湖，含盐量1.25%。青海共有盐湖150多个，总面积约5856平方公里，中国第一、世界第二的大盐湖察尔汗湖及其四周，就更全都是盐。据说察尔汗湖的盐可以架起一座从地球到月球的6米厚、12米宽的盐桥。世界上最大的盐矿就在柴达木盆地，储量约900亿吨。如此之多的盐，奇异的是淡水湖与咸水湖、盐湖和平共处而仍然是淡水。青海湖东岸就有一个子湖洱海，为淡水。在察尔汗盐湖听说附近也有一个淡水湖，古代就有河相通。漫长的时间过去，水流相通中它居然仍是淡的。自然的操守，看来胜过某些人。

盐是人生命得以维持和延续的重要成分。但即使是它，也不能多，因为含盐，青海湖里的鱼类品种本就不多，随着盐分越来越大，曾经盛产的湟鱼已经少得可怜了，而且因为湖水的含盐量增大，湟鱼的食物越来越少，四五年也长不到二两重。有水就有鱼，但青海湖的湟鱼是从哪儿来的？都说湟鱼是青海湖独有。这个解释实际什么也没解释。我觉得它的祖先应该就是海里的黄鱼，是青海高原整体隆起时把海鱼也带"上来"了。由于不再生活在海里而是生活在被高原封闭的湖里，它渐渐退化成了现在的模样，但也仍然和黄鱼相似，其味道，也和黄鱼相近，只是口感死板一些——口感死板是体内盐分多了造成的。

湟鱼艰难地活着，在灭绝之前挣扎着活着。在海拔甚高自然条件恶劣的高原，所生命的生存都是极其艰难的。人有脚，可以择地而居，这就留下了大片大片荒无人烟之地。驱车几千里，看到的人极少，连公路上遇到车都比较稀罕。放眼望去，一侧在从西宁到德令哈的途中，还是草地或者开着油菜花，再从德令哈去格尔木，就都是茫茫沙砾，间或有稀疏的骆驼刺之类一蓬一蓬的植物。然后是盐壳，什么植物也不可能生长。另一侧就是连绵不断，赤裸着苍青色骨骼的昆仑山脉了。够高的山的高处，有白色在闪耀，那是千年皑皑积雪。

坐在奔驰的车里看昆仑山，昆仑山在奔跑，朝着与我相反的方向，不徐不疾。为什么与我方向相反？因为我要去的是它到过之处？

空旷。辽阔的空旷。在这样辽阔空旷的不毛之地，我感受到我的生命，而且是强烈地感受到了。

经过著名的万里盐桥，再开一段路下高速，就到了察尔汗盐湖。在一位想搭车去格尔木的盐湖工人的帮助下，门卫才很不情愿地让我们进去。那位工人极其热情，说，在湖边能看到什么？到湖中间去。在他指引下。车沿着一条盐筑的公路深入湖心几十公里，他打电话后一个作业区采盐船上的一位工人开着小机动船，把我们接上了采盐船。

见到察尔汗盐湖后我才知道它为什么叫湖，采盐为什么要用船：它完全不是我以前想象的裸露着白花花盐粒的矿——波浪滔天，茫无涯际。这波浪不是白的，也不是浑浊的黄，而是极其可爱的青绿色。不是庄稼的无边绿浪翻滚，何等壮阔的奇异情景！

采盐船是全机械化的，一艘采盐船上因此只有两个工人，一个工作周期是两三个月。两三个月昼夜都在离岸几十公里甚至上百公里的这船上，这渺无其他生命的"死海"里，那种孤独和寂寞让我无法想象——我曾经是渔民，常常一个人一只渔船度过许多寂寞的昼夜，但每次时间最长也不过十几天。

告别主人时我却看到了一个奇迹：竟然有两只蜻蜓飞落到采盐船上。是淡红色的，并且是孵化出来不久的那种幼嫩的蜻蜓。我指给主人看，主人也非常惊讶：真是蜻蜓！哪来的？从没见到过。

这完全不可思议。盐湖就有5800多平方公里，加上四周只有盐的广袤盐地（是盐地而不是陆地），蜻蜓不可能生存，而它们也没有从其他地方飞到这里的可能。难道这是一种以盐为生的蜻蜓？但工人们以前也没见过。

世间问题的提出者只有两个，一个是人自己，一个就是自然界了。自然界提出的这个问题无解。

与南方的湖相似的是海西蒙古族藏族自治州的可鲁克湖。面积57平方公里、平均水深7米多，水色清澈，水草丰茂。盛产鲤鲫黄白鲢和中华绒螯蟹——这些南方常见的鱼蟹在这个湖里长得块头都很大。尤其是湖边和湖里全长30多公里的芦苇，让我真不知自己身在何处。不过这些芦苇和南方的芦苇很不同，它们身材更纤细些，芦花居然是淡红色的，带来的绝非雪意，而是暮晚天边红云那将熄未熄的火的感觉。这样的芦苇和芦花，应该也是高原使然。

高原的神秘在这里也显示出来：一条不长的小河将可鲁克湖与托素湖连接起来。托素湖面积180多平方公里，与可鲁克湖有着相同的生态环境和变迁历史，但是托素湖是典型的内陆咸水湖，动植物很少，湖的周围也和景色绮丽旖旎的可鲁克湖不同，全是一望无际的戈壁滩。

但即使是可鲁克湖，它的水的含盐量也仍然比较高。

在青海高原，震撼和困惑一个接着一个，我清楚地知道自己是谁，又完全不知道自己是谁，始终清醒并且强烈地感觉到的，是我带着我的生命来到了这里，呼吸这里的盐分，并将我生命中的一些水分留在了干燥的高原。

## 青海高原：德令哈

许多地方是在突然到达后开始怀念的。德令哈就是其中之一。

因为在德令哈举行的青海省民族文化艺术节的邀请，陌生的德令哈闯进了我的人生。从西宁驱车五百多公里，于2009年7月20日凌晨1时踏上了德令哈的土地。夜色与灯光中，看不出它与内地的小城有什么不同。而这时我的头疼吸引了我的注意力：高原反应。从长期生活，海拔只有一二十米的安庆，来到平均海拔两千九百八十米的德令哈，高原反应在所难免。我仅仅头疼还是反应轻的。

高处不仅不胜寒，7月的德令哈最低温度只有十三摄氏度，白天也只有二十多一点，而且还不胜头痛。

头痛中我想到"凌晨"是个有意思的时间概念，它也可以被说成是"子夜"。晨与夜在这两个时间概念中，居然成了同义词。这意味着什么？意味着没有绝对的此与彼？当你到达了那儿，"那儿"就变成了"这儿"？也许是的。想到这儿，我看着夜色中模糊的德令哈，开始明确意识到这是个陌生之地。我不知道越远越进入黑暗的街道通往何处。

德令哈，青海海西蒙古族藏族自治州首府所在地。我默念着出发前看来的这句话。仿佛背诵。

上午参加民族文化艺术节开幕式，头仍然很疼，但9点左右突然不痛了。这真是极其快乐的事情，如果不是在主席台上，我可能会欢天喜地地跳起来：我可以不再因为头痛而分神了！

获得快乐原来这么简单，仅仅因为我不再头痛。

白天的阳光下，我看清了德令哈，的确是座小城，但它干净得几乎连灰尘都没有着实让我惊讶，它可是位于青海高原上很少降雨，干旱地区的城市啊！干净如此的原因看来只有一个，这就是它的居民们极其文明。

蒙古族藏族同胞到处都可遇到。但有些如果他自己不说是蒙古族或藏族人，我是看不出来的，因为他们的汉语都说得很好。我注意到，他们对汉族人都非常友好，包括对我们这样完全陌生的外地人。带我们去几个地方游览的，就是几位蒙古族人和藏族人。

海西州州域主体是柴达木盆地。长江源头、雅丹地貌、大漠戈壁等闻名遐迩。但也有一派江南风光，芦苇荡的壮观超过内地的可鲁克湖。主人安排我们乘游轮游湖，并品尝了鲫鱼、鲤鱼、草鲲和毛蟹。毛蟹和安庆、阳澄湖的一般大小，只是鲜味略逊，原因是可鲁克湖水含盐量略高于内地。但这也足以让我惊叹了。还去了戈壁草原，领略蒙古族民族风情并品尝蒙古族美食肉肠、血肠、手抓羊肉、酥油茶、酸奶等。参观了外星人遗址等。

外星人遗址在白公山下、托素湖畔。高原的烈日，倾泻的紫外线，除了间或有的一簇簇据说牲口都不吃的低矮植物外，到处都是似乎要熔化而一直不肯熔化的火红色岩石。此情此景，让我想起火星。

罡风中，看到好像已风化的铁管的管口散布在山体表面。沙石的岩层上有一串神秘莫测的符号和未解的字母，黝黑的岩洞更仿佛一个巨大的秘密。

据介绍，一个有明显人工开凿痕迹的山洞里，一根直径40厘米的大铁管从顶上通到洞内，足有百余米长。虽然经过多年锈蚀，铁管仍然清晰可见。在洞口处还有 10 余根铁管穿入山体。这些铁管与岩石完全吻合，不像是先凿好洞再放入。"外星人遗址"就是因这些铁质管状物而得名。从柴达木盆地目前发现的人类活动的文物资料表明，这一地区的人类最早活动时限虽可追溯到上万年以前，但出土文物中没有铁器，铁管这样的现代工业产品当然就更不会是古人能够生产的了。于是，它们是外星人带来的说法就产生了。地质学家郑剑东认为是一种地质现象，虽然他也承认也有他不能解释的谜团。

还有一个奇怪之处：白公山南面是咸水的托素湖，北面是淡水的可鲁克湖。白公山夹在两湖之间，周边水源丰沛，植被发育很好，唯独这片地方寸草不生，荒凉至极。

这些谜团我当然更无法解释。我仅仅是好奇而来，满足好奇心而去——人连自己是从哪里来的都不清楚，遑论天地的神秘！

在德令哈我不能不想起，并且想得最多的是海子，常常茫然地想：哪一家旅馆是他住过的？——海子似乎到过德令哈并写有一首诗《今夜我在德令哈》。资料说海子是在 1989 年的一个雨水季节到了德令哈。这似乎不可能。1989 年春节期间海子到了我家，然后去北京，在北京给我写了两封信，然后就是 3 月 26 日在山海关去世。而且德令哈常年无雨，即使下雨，也应该在 6 月或 7 月。想起他是因为我认识这个敏感而内向、颇多苦恼的小青年多年。同样是不幸死亡，认识和不认识是不一样的，认识并且有感情和没有感情又是完全不一样的。

在德令哈默默悼念海子，是没有预料到的事情。

《今夜我在德令哈》这首诗中，海子的德令哈是荒凉的、寒冷的。这让我想起，过客为什么不能对暂居之处有当地人那样家园的感觉？我感觉到的德令哈虽然是温暖的，明亮的，但我仍然清醒地认识到这是异乡。"暂居""异乡"这两个词力量如此强大？好像不是。深层的，应该还是因为陌生，陌生使心灵产生潜意识的孤独感或者说凉意。

离开德令哈的头天夜里，德令哈下了一场小雨，主人告诉我，这是因为近年退牧还草等三江源资源保护工作做得好，见成效了，以前是一年也难得下一次雨。

有雨，本就不高的温度下降后就有些凉了。我忽然想起德令哈的7月相当于内地的春天，接下去气温如何？问在德令哈的怀宁老乡王红星先生，他说，接下去就凉了，树就落叶了。我惊讶：那不就是秋天？这么说这儿没有夏天？红星先生微微一愣，说，还真没仔细想过。是的，可以说这儿只有三季，没有夏季。冬天特别冷，如果没有车而出门，除非是只跑几十米，再远是没人敢走过去的。

哦，这是少了一个季节的德令哈。

次日一早，组委会派车送我们离开德令哈，但不是回来。而是继续向西，去格尔木，那同样只有三个季节的地方，把我带得更远的地方。

车开动时，我频频回首，再看看仍然陌生，但我知道我以后会常常想起的德令哈。

# 鹞落坪行

我对鹞落坪一无所知，包括它的夏天。到了，才知道是我从外面的夏天来，而它仍停留在春天里。微微的寒意也是寒冷的一种，我不得不穿上辗转借来的一件夹克衫。它的主人是谁？我同样不知道。但是很显然，这件夹克对于鹞落坪比我要熟悉得多。

一件熟悉的外衣，裹着一个陌生人。

这个陌生人在鹞落坪晃荡，看见简陋的乡村小街，看见蓊蓊郁郁，甚至浓密得成了大块色块的绿色，当然，也看见了绿色缝隙中的山体，比绿色更高的山峰的顶部——但没看见鹞鹰，一只也没有，看见的，都是鹞落坪的一部分。

鹞落坪。从这个地名，可以想象，这儿曾经是成群成群鹞鹰落下的地方。那是一种什么景象？应该是连绵几十里范围内都寂静无人，风吹动那些不需要被吹的林木、野草、野花，野兽在它们自己踩出的小路上出没，不是猛禽的鸟们因为有茂密树叶的掩护而惬意地叫或者不叫，而黑色云朵一样的猛禽鹞鹰，在傍晚时分，成群成群地在那最高处栖落，铁一样坚硬并且锋利的脚爪抓住岩石，锐利地巡视那无人的辽阔，而无人观看的晚霞，火焰一样在它们身后熊熊燃烧，那微微抖动的红色，益发烘托出它们黑色的冷冽……

这情景,与我的到来,应该只相隔了几十年时间而已,但晚来一秒与晚来几十年没有什么质的区别——鹬鹰,已经灭绝,那情景,永远不会再现。

这儿,不曾有人的地方有了人。我想起了暧昧的"人定胜天"这个词组。

似乎,这世界越来越只有人才敢于继续活下去。

——这儿的这个"敢于",性质也是暧昧的。

晚饭后,和石楠、苍耳、白梦、王恩乾、汪维伦等人一起沿着小街向前散步。深山里的夜色,似乎比平原上来得快而猛烈,一眨眼间,夜色就弥漫了。在我的感觉中,这里的夜色是从所有方向同时到来的,包括我行走的脚底,那泥土中不为我们所知的黑暗,这时也出动了,加入了夜色。不过我们仍然不能分辨出它,它与原本就在地面之上的黑暗,没有什么两样。但事实不是这样,泥土中的黑暗,和地面上的黑暗,是两种东西。只有死者才能真正看到它,但死者已经无法告诉生者任何秘密。

我们继续走动。走到小街尽头,生活在岳西的恩乾、维伦说鹞落坪有豹子,虽然不大到街上或者村庄里来,但还是不要再向前走为好。

豹子是夜行动物。隐隐约约可能的豹子加上真实的夜,让我们在犹豫中还是掉转了脚尖朝着的方向。这时,开始听到不很远的模糊的草木中有一些个相同,但都奇怪而且难听的声音响起。想来应该是几种野鸟发出的声音吧。大概是意犹未尽,朝回走的我们信步又走到小街的另一头,并且走出了小街,怪鸟的叫声更多更难听了。我们在路上站了一会儿,就真正地回去了——

这里的夜,是野生动物的,充满了野性,人,万物之灵长的人,夜里都得依赖于房屋也就是墙壁的保护。半夜,在招待所的客房里,我和苍耳都听到窗外某种鸟的叫声。苍耳说那可能是鸥鹟在叫,"听起来有点儿恐怖。"我说:"这有什么恐怖的?"苍耳后来在他的一首诗中写到此事，说我是"不以为然"。我想了想，我那句话是有不以为然的性质，尽管当时我以为我说的仅仅是我的真实感受。

真实，本身就意味着某种否定。

有意思的是，如果那天是我先说这叫声不恐怖，然后苍耳才说"听起来有点儿恐怖"，不以为然的就是他而不是我了。

同理，如果我先于鹞鹰到达鹞落坪，那么看不到鹞鹰成群落下景象的就不是我了。但是，这只是个假设，不可能成为事实。事实只有一次。

2011年5月16日，我到了岳西鹞落坪，但只是到达了鹞落坪这个地名，没有看见鹞鹰，也没有看见其他任何鹰。

猛禽，即使在这个有着原始森林和原始次生林，要保护生物多样性的国家级自然保护区，也已被这个世界抛弃？

# 鸽　子

　　鸽子的飞翔多么美！几乎没有什么比它们向天空的运动，更能让人愿意凝视，用目光，用自己生命中的时光，将它们追随、想象。

　　最好是完全白色的鸽子。不仅仅因为洁白，更重要的是它们以自己的白，显示出天空的澄蓝或者灰暗。当然，天空澄蓝的时刻是很少的，那必须在雨水恰到好处地清洗之后，天空更多的时候是灰暗的，甚至当我们看不到那灰暗时，如果一群白鸽在空中翱翔，那隐藏的微微的灰暗也就显示出来了。

　　白鸽是这世间的一个对比者。

　　当然，我知道全世界的人都把白鸽看成是和平的象征，但我仍然坚持认为，它的意义首先在于是一个对比者。

　　因此我回忆起来的，全都是白色的鸽子，那些我见过的灰色的杂色的鸽子，都被我忘记了。作为对等，它们当然也从未记住过我。

　　回忆是生活的一部分。我想象不出，如果一个人没有了回忆，他的生活是否还能叫作生活？他的内心又该是多么荒凉——不，不仅仅是一般意义的荒凉，而是不毛之地彻底的荒凉。所以，我对将回忆说成是衰老的表现的说法，很不以为然。

现在我回忆起来的是鸽子的叫声，在黑暗中，咕噜咕噜地叫着。

第一次听到鸽子的叫声时，我没想到那是鸽子在叫——虽然看起来很可笑，但这是一件很严肃的事：我从没想到过鸽子也会叫，而且叫得那么难听。

那时我还是少年，十六岁，在离家千里之遥的江苏江阴的农村。是和生产队长去考察人工培育淡水珍珠。我所在的大队在1969年专门成立一个育珠生产队，在全大队抽调了二十多个男女青年。但当时人工培育淡水珍珠的技术还没过关，培育出来的绝大部分不是珍珠，而是一个个圆鼓鼓的脓包。后来采纳我的建议，才保证了培育出来的是珍珠。这样，十六岁的我才有可能随队长出差外出看看。直到现在我都仍然记得出江阴县城数十公里看到的景象：水稻和棉花地里，一个规模很大的工厂厂房赫然矗立。我纳闷这么大的纺织厂怎么办到这农村来了，没料到它却是那公社办的。所以，后来苏南乡镇企业迅速崛起，我是一点也不惊讶的：在1971年，它就有这样的公社企业了。下午看了看那公社的珍珠培育，觉得技术还不如我们的。接待我们的大队长很热情，看我们没多大兴趣，说，你们也不要去住公社的招待所了，没什么人来住，房间被子都有气味。到我家去住吧。就把我们带到他家。他有一个和我差不多大的女儿，清纯俊俏。为晚饭准备的主菜是螺蛳。她拿一把老虎钳，将每个螺蛳的尾部也就是那个尖端剪掉，大概是为了让油盐能煮进去吧。她一边剪一边和我们说话，热情得有些兴奋。队长也不怕她听见，老和我开玩笑：这么好看的女伢，动心了吧？或者说：你就留下来吧，我一个人回去。我很窘，并且生怕那女孩听了不高兴。但她好像不理会队长说什么，还是很正常地剪螺蛳，和我们说话。是上半夜还是下半夜我记不清了，队长有些紧张地把我推醒：听！什么东西叫？我听到了，有好几个什么东西在叫："咕—噜噜！！！咕咕咕—咕咕咕！！"并且比我写出来的"咕噜咕噜"还要难听得多。浓重的黑暗中，不知道这是什么东西发出的叫声有些恐怖，难怪一贯胆小的队长颇有些紧张。我又听了听，说：应该是什么鸟。睡吧。

其实，我也很长时间没睡着。不是怕，而是那声音太难听而且太吵人了。

清晨一问，居然是鸽子。长得这样漂亮的鸽子，叫声为什么这样难听？麻雀的叽叽喳喳也比它动听多了。而且，它们为什么在夜里说话？是害怕黑暗，叫嚷着给自己壮胆吗？或者是白天忙着飞翔，夜里才有时间交换对世界的看法？——这些，都是我的猜测。没人能听懂鸽子的语言，谁也不知道它们在说些什么。不过，它们在夜里说话是它们的权利，我们人类说话时，何曾考虑过是否打扰了鸟、猫狗等动物？而且，鸽子的声音难听也不是它们的错，它们本不是以叫声取悦谁的鸟儿。

道理我是想清楚了，但我仍然不愿意听鸽子啼鸣，如果鸽子的那声音也可以被称作啼鸣的话。

最后我总结一下：鸽子就是鸽子，与和平什么的根本无关，与人类对它的想象也无关。它是一种体形娇小的鸟，但飞行敏捷、坚忍。与人类不同，它的道路在空中，或者说，它认得空中那无形的道路，知道怎么飞和应该向哪儿飞。但鸽子同时也是一个步行者，或者说主要是步行者，因为它们在地上行走的时间，比在天上飞行的时间要多得多。我喜欢看鸽子飞翔，也同样喜欢看它在地上步行：它走路的样子很特别：脖子一伸一伸地不停点头，好像是表示对它看到的人或事物的确认，或者它认为这世界有太多值得它表示敬意的东西。

当然，毫无疑问，鸽子和其他鸟一样，比我，比人类拥有多得多的天空。

当然，我想起鸽子的叫声时，很自然地就想起当年那个仍然可以说是陌生的女孩，她和鸽子有什么相似或者不似吗？

# 长岭的雨

雨是个奇怪的东西,在任何地方我都会被它淋湿。

现在,雨在窗外滴滴答答,我坐在室内,仍然被它淋湿了——内心湿漉漉的,雨毫无顾忌地洒了进去。

这是望江县长岭镇。壬辰年正月,公历 2012 年 1 月底。1982 年 10 月我被分配到长岭中学,1984 年 10 月调离。现在,是离开后第一次回到这儿。

我离开时有没有下雨?记不清了。记不清就是下了也等于没下。

刚刚去了长岭中学。没有一点记忆中的样子了,漂亮的教学楼、宿舍楼取代了当年所有的平房,尤其是有了一个看起来挺正规的运动场。30 年了,有这样的变化似乎是理所应当,只是大操场位于一个很低的洼地里,怎么有了这块洼地?地形也发生这么大变化?我有些迷惑。

正是寒假期间,校园里几乎没有人。教师楼里想来应该有留守的老师,但一来很可能不认识,一来止是春节期间不好贸然打扰,在校园里匆匆走了一圈,就又从大门出来了——大门门楣上的校名下有一行稍小的字:"沈天鸿题"。我看了看,暗暗调侃自己:写得比我的作品差多了。

若有若无的小雨继续下着，不需要打伞的那种小雨。这样的雨中最适合访旧。虽然这时没有桃花，却是有梅花的，尽管这梅花是我去后所栽。

那时的长岭中学校园里栽的是些什么树？有桃和梅吗？仍然不记得。记得非常清楚的是长岭镇北面水渠堤坝上的油桐树。它们沿堤迤逦蜿蜒许多里，每到春末夏初，它们就开花了，其花白皙丰腴，极其美丽。但除了我好像没有人欣赏它们。它们不过是产出桐油的油桐树的花，没人把它们当花看。于是，我常常一个人在它们之中走着，仿佛是它们引领着我向前走。那常常是黄昏时分，当天色暗下来已经走得够远的我就往回走。有几次，我和它们都在途中被突然的雨打湿了，那些雨，笼罩着它们和我的心。

生长在坝顶的油桐树，就像是生长在悬崖上。

它们早已全部消失了。年轻的孩子们不知道曾经有过这些树。渠道还在，现在的雨，直接打在堤坝的红色泥土上，但没有溅起什么。

我在长岭中学度过的两年青春时光，大概也只有我自己仍然记得其中的一些。

那两年，肯定下过许多次雨，而我全无法清晰地记得，只模糊地似乎记得雨水从老式平房的瓦檐那儿倾泻到地上发出的声音。

那些雨怀念它们倾注过的地方吗？或许只有人，才总是对自己生活过的地方有复杂并且以亲切为主调的情感。我对长岭和长岭中学也是这样，但当时，我从未想到我以后会将它怀念。这很像人生中遭遇的某场大雨或者暴雨，当时想的只是尽快离开它，后来却会常常想起，如同想起某个老朋友。

人生的际遇，或许都如一个人和一场雨——雨给我潮湿，我向雨交出干燥。一种深刻的交换，交换彼此唯一能给予的东西。

博尔赫斯有一首只有两行的诗:"在哪一个昨天,哪一个迦太基庭院,也下过这样的雨?"似乎明确的时间和地点取消了时间和地点。是的,我想起和我看到的过去、现在下在长岭的雨,其实并不局限于长岭——雨都是变化的,不断开始又结束,结束又开始;正在下的雨也在不断变化,不变的雨,仅仅来自记忆,来自内心。

## 亳州，令人敬畏的土地

亳州是一片令人敬畏的土地——对中国和中华民族有决定性影响的老子、庄子、曹操等人，都诞生在这里。

敬畏总是因为无法解释。因应邀给安徽省第三届中青年作家高研班讲诗歌和散文，以及参加"安徽作家看亳州"活动，我在亳州的这七天里，不断惘然地看着脚下的泥土，看着谷水、涡河、洰河的河水，没看出它们与其他地方的有什么两样。是因为不能直接看见的地方文化吗？此时的地方文化肯定早已不是，至少不完全是老子、庄子、曹操那时的地方文化了。仍然只能惘然。

5月的风吹拂着一览无余的平原上即将成熟的麦子。这些麦子的祖先，见过老子、庄子、曹操，并且喂养过他们。现在，我在麦子的荡漾中能见到的，是涡阳的老子庙、蒙城的庄子祠。老子庙又叫"天静宫"。我喜欢"天静宫"这个名字。尽管天常常不静，甚至暴戾。

天静宫我是第一次来。它是在旧址上重建的。或许可以说，旧才是真实的。但不论旧的新的，老子都没见过天静宫。他当年如果曾从这里走过，看到的应该只是野树荒草，或者稀疏的麦子——如果是秋天，就是芝麻黄豆了。他从它们身上看出了道？我有些困惑。

天静宫门前的河流名叫谷水。据说它从未改道。现在虽然是汛期，但谷水仍然未盈，波浪甚至是瘦削的，那么细小，安静地流着，似乎从不关心自己到底会流到什么地方去。

老子看得最多的，我想应该是水，和天空。水的状态和性质，天空一无所有的无，给了老子极大的启发，形成了《老子》的哲学思想。

纠缠人的是文字。人们早就发现，老子写下的"道可道非常道"可以读成"道，可道，非常道"。也可读作："道可，道非，常道。"还可以读成："道，可道，非。常道。"这三种读法得到的是不同的意义。我想，可以把它们的不同看作是侧重点不同，在主要的意旨上，它们仍然是相同的，即都强调"常道"，"常道"才是真正的或者说是主要的道。

庄子历来与老子一起合称"老庄"。他俩的确是邻居，庄子故里就在距涡阳不远的蒙城。虽然在"无为"这一点上庄子确实与老子相同，但他们的区别其实也很大。最大的区别就是庄子会梦见蝴蝶，并且醒来时为到底是自己变成了蝴蝶，还是现在这个庄子是蝴蝶变成的而迷糊不已。老子就不会做这样的梦。所以，他俩只能是邻居，而不是一个人。但这很好，决定性地影响并且形成了中国文人，也就是中国知识分子人格与气质的老庄，不是重复的单一。

老庄哲学几乎就等于中国古典哲学。我这样说是因为，历代统治者提倡的儒，只是历代文人"进"即居于庙堂时所用，而一个人的一生中，"进"少"退"（隐于江湖）多，有的根本就没有"进"，全部是"退"，还有的虽"进"亦"退"，这"退"时所奉的，就是老庄哲学。为何如此？或者可以说，儒完全是社会性的实用哲学，老庄则主要是个人与天地的哲学。

领会了老庄，就领会了人与天地。

老庄二人中我更喜欢庄子,他是诗人哲学家。诗的飘逸加之于哲学,那种潇洒的形而上学产生的意味,如月白风清,不再需要其他。

我感到,在某些特别少的人面前,必须低下头去。老子庄子就是这样的人。

曹操不同,和曹操可以对坐而相视。同是亳州老乡,但通常都不会认为曹操和老庄有什么相同。曹操是一代奸雄或一代枭雄啊!金戈铁马,挟天子以令诸侯,统一中原。但我以为除了这与老庄截然不同的一面,曹操还有与老庄极其相同的另一面,这就是对人与天地的追究、人和"我"和宇宙意识的觉醒。几年前我写过一篇论文:《曹操:中国诗歌的真正开创者》,指出曹操对中国诗歌和中国文学的贡献,是"第一次"的,也是持续至今的:

他第一次将性质复杂甚至矛盾、对立的思想感情引入诗歌,并且成功地使它们在保持各自性质、形成矛盾的同时,又和平共处于同一首诗中,也就是同时处于一个整体之中。在他之前,包括屈原的诗,每首中的思想情感的性质都是同一的,单一的,怨就是怨,喜就是喜,悲就是悲,爱就是爱,复杂一点的,是说反话,仍然还是性质相同一的复杂。打个不大好听的比喻,那就像小孩,还只能表达单一的感情。从这个意义上说,中国的诗歌和中国的文学,是到了曹操才长大成人的,它能够同时具有性质不同甚至矛盾的思想感情了。这个贡献,通俗地说,是丰富了中国诗歌和文学的容纳和表现能力,从平面的变成了立体的。

还是他,第一次将生命意识与宇宙意识结合起来,超越了就事论事的感慨模式和功利意识,从而给中国诗歌带来了哲思和阔大的审美空间。他的代表作之一《观沧海》中,他是代表人类在看大海,在感叹人的渺小和生命的短暂的同时又庆幸自己幸甚至哉,可以代表其他人来感受沧海感受宇宙,抒发效仿宇宙笼盖吞吐的胸怀。《短歌行》是他的又一代表作。在这首诗里,曹操表达的是他对人生价值和生命意义的苦恼与思考。生命的意义在哪里？人生的价值是什么？这是古今人们都面对的一个终极问题。曹操"人生几何"的一问，其实是人类对这个问题的千古一问。他的苦苦求索，也是人类的千古求索。而在中国诗歌和中国文学中，他这一问是第一问——在他之前，虽然有屈原的《天问》，有屈原的九死犹不悔的"路漫漫其修远兮，吾将上下而求索"，但屈原发问的原因和求索的东西，是忠君，是就事说事，而曹操的发问是超越了这些的，是代表所有人，甚至代表了他身后的每一代人的一问。中国诗歌史上，只有陈子昂的《登幽州台歌》"前不见古人，后不见来者，念天地之悠悠，独怆然而涕下"可以相比，但陈子昂已经是唐代人了。

正是因为代表了不分时间的所有人的这一问（每一代人都孤独地面对着天地，面对着人生，试图在自己短促的生命中寻找出生命价值的终极答案），所以《短歌行》和《登幽州台歌》才打动了每一代人，直到今天，还能唤起我们的共鸣。

仍然是他，第一次建立和展示了慷慨、苍凉与刚劲融为一体后形成的美学风格：风骨。

例如《短歌行》这首诗，既有激昂的高格，也有低回的忧愁之情调，跌宕悠扬，极尽慷慨、苍凉之感，不失刚劲与爽朗。全诗浑然一体，语言质朴自然又含蓄蕴藉。完全符合"风骨"的要求。但是，我们知道，在曹操之前没有这样的诗，也没有"风骨"这个美学标准，因此，写出这样的诗的曹操，是为中国诗歌和文学建立和展示了一种全新的美学风格：慷慨、苍凉与刚劲融为一体后形成的风骨。考虑到这种风骨对后来的中国诗歌和文学的持续的、巨大的影响，可以说是曹操率先为中国诗歌和文学塑造出了骨骼。

此外，他还第一次以自然景物为主来营造形象，引导了中国诗歌中一个重要品种山水诗的出现，但更重要的是使天人合一的中国哲学精神进入了诗，并且得到了基本成功的结合与体现。他并且喜欢和善于将要表达的意义放在被描写的景物的形象之中，从而形成了意象，而意象，作为一种技巧，或者作为一个美学范畴，对后来的中国诗歌和文学以及文学批评，都有着重大意义。

曹操的诗，除去他早期那些有叙事性质的，其他的诗有一个共同的主题，这就是时间与生命。反复抒写时间与生命并且使其成为自己许多诗作共有主题的，曹操可能也是第一个。

把时间与生命看成重要主题，标志着个体意识和宇宙意识的觉醒，它使人既站在自己个人的立场，也站在所有人的立场，去观察、体验、感受和思考万事万物，也就是整个宇宙中的一切。曹操把时间与生命看成重要主题，不仅提升了他自己作品的高度与深度，而且，因为它产生的使其他人和后人群起而效之的影响，和由这群起而效之所形成的文学传统，曹操也在无意中提升了从他开始的中国诗歌和文学的高度与深度。

我喜欢这个诗人的曹操，诗人，都是可以对坐而相视而交谈的。

亳州还有华佗、张良、曹丕、曹植……这是一片极其神奇的古老的土地！我在我的感受和思维中摸索，没有答案，却闻到了药的气味——是中药。我恍然记起，亳州是药都，并且是五大药都之首。那么，亳州本就是药吧，中药，并且是各种各样的中药，有病疗病，无病健体，而中药，不可分析。

# 出生地

　　每个人都有自己的节日，那就是自己来到这个世界的那一天，通俗的叫法是"生日"。长大了，知道纪念这个日子的时候，似水逝去的时间中的那个日子，却已的确如水蒸发无痕，不可能让人仔细审视了，能够让人重游的，只是出生地。而重游也并不容易，我便是在隔了三十六年的时光后，才得以重临我的出生地。

　　而那也已经是十年前，1991年的事了。

　　那是真正的"故地重游"。在"故地"，位于长江南岸，隶属于安徽贵池的那个名叫殷家汇的小镇，我一遍遍地努力想象自己在三十六年前，公元1955年9月27日，那个偶然的秋天的黄昏来到这个世界时的模样，但是不可能，我能够想象的其实是他人，是我曾经见到过的其他刚刚出生的孩子的模样。人可以直接看见一切，唯一不能直接看见的就是他自己；人也可以想象一切，唯一无法真实想象的，也仍然是他自己。我茫然地看着车窗外的那条河，几十年前它也是这个模样吗？但现在是中午，是夏季，河水在酷热中疲倦地躺在河床里，静无声息，太阳的光斑在水面上跳跃，有些刺眼。哪儿才是我出生时那条船停泊的地方？无法确定。也无须确定了。我在这条河流上出生，这条河流次日便把我父亲驾驶的那只船送进了长江，逆流而上——逆流而上也仍然是一种漂泊。

儿子的生日是母亲的受难日，可能只有母亲才能准确地记得我出生的地点。

我在弟兄中的排行是老二。其实我是老三，只是因为老大襁褓中便已夭折，我才"晋升"了一级。按照西方对排行影响性格进行研究得出的说法，由老三变为老二无疑是一个不可忽视的巨大改变，但由于我一出生就已是老二，作为老三的"我"从未实现，缺乏参照系使得这个变化已无从比较不能看出了。当然，这并无遗憾可言。人总是被决定的，能够自行决定的，其实也仍然是在被决定这个大前提之内的自行决定。所以，我总感到，任何一个人的一生，不论其如何发展，其实都可以用这样一句话来概括：就是这样，而不是那样。

我一直不知道我出生的那条河的名字，它从殷家汇镇旁流过，我因此将它叫作"殷家汇河"。那可能只是我一个人才这样称呼的名字，但这更符合这个事实：它的确不是人们认识的那条河，而只是我一个人心中隐秘的河流。一个人心中的河流，与在大地的某处流淌着的那条河无关。

我是乘车去贵池市时途经殷家汇这个小镇的，客车在殷家汇车站停车三分钟。我没有下车，仅仅从车窗朝外望了望这个既是我的第一故乡，又是真正的异地的陌生小镇。

回去后，我写过一首诗，作为日记：

"三十六年前的落日，在空中闪烁/一个人，在那时出生/生命是否始自落日，像婴儿的哭喊/从未习惯大地，习惯时间和地点？/父亲和母亲，刚刚出生的婴儿/漂泊而去/殷家汇，一个想象中的名词/加上水，加上秋风芦苇等等形容词/宛如最初的感觉那么生动/那么模糊，那么/不够真实/走到了想象的尽头！想象就像/此刻被汽车惊动的/那条狗一样地跑开了/那只狗也是殷家汇的一位居民／想象却不是，想象是殷家汇的河水／它不能被称为回忆／不清楚究竟应该是第一次还是重临／停车三分钟，三分钟已经足够／此后，对殷家汇再无想象／再无神秘／它真实、平凡，服从于／那白昼和夜晚照亮的／分裂然而是最后的真实。"

# 庄子故里行

我在一个黎明出发,去看变成蝴蝶的庄子。

踏上蒙城的土地,我第一个动作就是下意识地低头去看脚下的泥土——那仍然是两千三百多年前的泥土。泥土永恒。早已化为泥土的庄子就在泥土中望着自己变成的蝴蝶,仍在喃喃自语:不知是自己变成了蝴蝶,还是蝴蝶变成了自己?

这的确是一个永远没有答案的问题。

现在见到的庄子祠是1995年6月动工新建的,在县城东北。涡河北岸的漆园旧址(庄子曾为漆园吏)已初具规模。大约是汉代的建筑风格,古朴凝重,似与庄子的汪洋恣肆及飘逸不大契合。尤其是庄子雕像朴拙如粗通文墨的老农。庄子会是这种相貌么?或许,人不可貌相吧。

这已是历史上第三次重建的庄子祠。首建庄子祠是北宋元丰元年(1078年),秘书丞、蒙城县令王竞有感于庄子去世千余年他的故乡竟然无祠,因而在漆园故址上建庄子祠堂。其主要建筑有逍遥堂、梦蝶楼、观鱼台等。据民国四年《蒙城县志·艺文志》所录,原立于祠内碑刻上的《庄子祠堂记》,其署名为苏轼。明天顺年间(约1460年前后)黄河泛滥,庄子祠被淹成为废墟。万历七年(1579年),蒙城知县吴一鸾捐俸买地于城东郊重建庄子祠，规模大于第一次。至新中国成立初，仅余断碑残壁。作为庄子两千多年后的蒙城乡亲父老，为庄子建祠的心情可以想象和理解。但庄子如果有知，我想他也许会说不如相忘于江湖。

执意相忘于江湖逍遥复逍遥的庄子已不可能见到，在他的故乡蒙城也不能。即使是在春天来，莺飞草长，杂枝生花，也仍不能认出哪一只蝴蝶是他——蝴蝶太多了，而蝴蝶都是相似的。我们只能读他留下的《庄子》："藐姑射之山，有神人居焉。肌肤若冰雪，绰约若处子。不食五谷，吸风饮露。乘云气，御飞龙，而游乎四海之外。其神凝，使物不疵疠而年谷熟……"他水击三千里，抟扶摇而上，即使是依靠想象来追随，我们能跟得上他么？这位两千多年前的庄子啊！

见不到也跟不上他的我们便去看他两千多年后的乡亲。到庄子祠之前，蒙城县委书记已向我们介绍了蒙城的概史。蒙城是我国黄牛第一养殖大县，粮食、棉花产量以县为单位计，在全省乃至全国也都位居前列。有雪茄卷烟、皮件厂、肉类加工厂等等。我们在两个半天的时间里，走访了蒙城第一养牛大镇柳林镇的省级黄牛大市场和养牛大村、大户等等。可以毫不夸张地说，走出县城到处都可以看到黄牛。那些黄牛，因为是肉牛，年幼而膘肥体壮，其看相远非长江流域往往显得羸弱的役牛可比。最令来自皖西南的我羡慕不已的，是蒙城人均耕地竟然达到两亩多。淮北平原的广袤，从人们占有耕地面积上又给了我一个深刻的印象。

归途中，我不禁想起了王安石《蒙城清燕堂》中的两句诗："吏无田甲当时气，民有庄周后世风。"但广陵散绝矣，庄周之后再无庄周。

# 十里铺边独秀墓

秋天的一个下午，我去看陈独秀墓。

公元一九九八年的秋天，能看到的，的确只是由一块墓碑证明的陈独秀之墓，而不是陈独秀。

墓在安庆近郊十里铺，从安（庆）合（肥）公路西侧拐入一条岔道，行不多远，两侧一片清冷的松杉林让出一块空阔，尽头处便是陈独秀墓了。墓围为水泥所封，但墓顶仍为泥土，长满了已显焦黄的荒草，在无风的空气中寂然无声。如果是春天来，它们应该是一抹萋萋的绿吧。

绕墓一周，看到的文字，除了墓碑正面"陈独秀墓"外，只有墓碑背面陈独秀与其第一位夫人高氏及立碑者——他的几位儿子的姓名，以及墓侧一块牌子上的"安庆市文物重点保护单位"。对于陈独秀这样一位墓主来说，这些文字等于无，所立之碑等于无字碑。

简略的碑文，未封顶的墓冢，暗示的是陈独秀身后的空白，还是与陈独秀无关的空白？这空白渐渐在充满秋意的下午弥漫开来，像历史的一种无言的等待，而历史，总是有着不可思议的耐心的。

陈独秀虽然早已于1942年5月在四川江津去世，但他的一生至今仍尚未完成。即使是从他出生到死去的那个一生中，他也没能完成他的那个一生，得到完成的，可能只是他的前半生，或者说是他自创办《新青年》前夕开始，至大革命失败时止的那一二十年。那是地劈天开并剧烈震荡的一二十年，中国共产党的诞生和新文化运动与文学革命，分别在政治和文化两个方面揭开了中国现代史的扉页。社会无非政治与文化的社会，因此，此后的中国，尽管有更剧烈的天翻地覆的变化，但溯根求源，仍然可以说一直是那个时期的延续。

最不关心陈独秀身份的人，我想只有陈独秀自己——

一个人的身份是在他自己的行动中形成并且被确认的，而行动着的人自己远远不像他人那样关注自己的"身份"，如果时时关注这一点，那就是做作了。而死了的人，不论他是谁，他既已放弃了一切，又怎么可能关心自己在他人心目中的身份？他现在栖身在这抔黄土之中。

听人说这些黄土地是他家先祖于清末置下的祖坟山。叛逆的陈独秀死后却归依祖茔，尽管这并非他的遗嘱，但仍然让人觉得其中有深味在焉，比如我就从中隐隐约约看到了历史的那只无形的手——陈独秀仍然属于历史，即使是他身后没有他直接参与的这某一个秋天的下午的历史。

我在陈独秀墓前只逗留了十分钟。离去时我注意到了"十里铺"这个地名。这是一个以距市区里程命名的地名，但时代变迁城市扩展，"十里"早已成虚了。虚的就是象征，只是我不知道，此地到底是距何处十里？

# 边　缘

　　风将阳光吹凉了。

　　绿色的树林却仍洋溢着暖意。这与夏天是多么不同，那时，绿色就意味着阴凉。

　　究竟是什么发生了变化？是绿色，还是风或者阳光？毫无疑问，绿色和风和阳光都已发生了变化，时间也发生了变化，不变的只是地点，湖泊和亭岸都仍然还在这里，我曾经看见过的这片树林和地面的草也仍然还在这里，我甚至仍然站在曾经站过的那个位置上——但我知道，再次站在曾经站立过的地方的我，已经是又一个我了，我呼吸的已是现在的空气。

　　正是现在在变化，不断变化的永远是不断的现在，而不是过去。

　　作为对抗，有生命之物总是在热时创造阴凉，在凉下来以及寒冷之时又洋溢出来自生命的暖意。

　　这是变化中的变化，树木因此仍然保持着绿色，某些树叶则因此变成燃烧般的红色。

　　亭子边是一个池塘，面积不算小，但看不见一点水面，水全被一种我说不出名字来的水生植物遮住了。它们生长得特别茂盛，长出水面尺许，肥硕的叶片炫耀着淫荡的绿油油的光。

这是连猪也拒绝食用的一种植物，在我家乡，人们都讨厌它，因为它一旦长起来，那池塘或者河道就荒废了，任何其他水生植物如水浮莲、菱角等等都无法与它竞争，只有灭亡的份，而且连鱼虾都会因为缺氧而死亡。可要彻底消灭它很不容易，它的茎秆的每一个节都有萌生出根须的能力，而且未彻底晒干之前，只要沾上一点水分，它便跃跃欲生了。乡村里人们都很忙，不可能不断地去对付它，因此许多地方都可以看到它扬扬得意的兴旺景象。这儿是公园，池塘本只是作为亭子的点缀，不指望养鱼或种茭白菱角的，它们在这儿可谓是得天独厚，天时地利人和皆全，难怪长得格外神气了。

　　但它们算不得风景，它们仍然是无用之物。

　　在这个世界上，无用之物甚至是有害之物大都生长得格外好，生命力都特别强劲，这是一种奇怪的现象，但又是一种并不奇怪而非常正常的现象，世界的真面目，由此可以想象。

　　所以我不赞成老托尔斯泰"勿抗恶"的主张。

　　这是一个冠以公园之名，但略建有几个亭子，植有一些树之外，便无甚人为风景的所在，因此无须买票就可以进入。它的热闹自然比不上比邻的那另一个完全意义上的公园。不过好处也就在这里，游人少，清冷中多了几分野趣，而人为景观少了，又得以多留有些自然之意。

　　我随便地走着，从这片冷风景中感受着一种沉静。

　　当然，它只可能在城市之郊，若是在城中，这偌大的一块地方，早就"开发"成商城之类，体现出可观的经济价值来了——那也是一种可观，但与现在的这种可观显然性质迥异。

　　商品经济时代，风景，尤其是冷风景，只存在于边缘？

第三辑
**四季的倾听**

最高的真实
天空之下
起伏的苍茫
在田野上
…………

# 最高的真实

### 1

每个人都相信自己看见的真实,这是不是因为,最高的真实是看不见的?

### 2

我活着,我知道我是谁,但这都在每一件事发生之后。

### 3

无人时,你不要对自己说话——一句话说出后,是更大的沉默,更多的沉默……

天地因此无言。

### 4

草木为何都在春天到来后疯狂生长?难道它们在春天就感觉到了横亘在前面的那个结束的最终的季节?

生命，与春天一样短，但也与冬天，与岁月一样漫长……

## 5

天空伟大而阴暗——它携带着万物渴望的雨，在又一次的春天。

从这个意义上说，携带雨水的天空与充满阳光的天空没有什么不同。

## 6

夜里有小雨，小得如同沉默。

但也许是羞怯：在一个没有雷声的初春之夜，雨悄无声息地下着，试探着接近土地……

## 7

每个人都有倾听的权利。我在听，又不在听——没有声音的雨如同一面镜子，映照着漆黑的夜，潮湿的，流动着的黑色里，许多生命正在出生……

这种沉默，正是我不得不独自想学会，却一直没有完全学会的事情。

## 8

只有一只鸟的天空与有许多鸟的天空，是两种不同的天空。

大地不一样，只有一只鸟的大地与有许多鸟的大地，仍是同一种大地。

一只鸟也没有的天空和一只鸟也没有的大地，它们相同还是不同？

## 9

我现在就站在一只鸟也没有的大地上，头顶是一只鸟也没有的天空。

飞翔的只有我的目光，只有风。

"我低着头，思想在高飞……"这是谁的诗句？

一个人的思想是这世界上最后一只没有分类的鸟，并且永远不会被生物学家分类，因为它的名字叫"自由"。

天空中、大地上，到底有多少只这样的鸟？或者说，到底能够有多少只这样的鸟？

## 10

每一种你看到的东西都是你所没有之物，因此，人生最高的修养就是视若不见。或者，目光能穿透它，使它成为透明的不构成遮蔽之物，并且同时看见它投下的巨大阴影。

## 11

每当我遇到一个陌生的事物，我就意识到，这是我从未看见过的。但当我遇到一个陌生人，我却没有这样的想法。这是否意味着，人比事物离"我"更为遥远？我不能确定。

不能确定的首要原因，对于我而言，不是理智，而是情感。

## 12

睡去是为了醒来,并且是为了更清醒的醒,但醒来却不是为了睡去。

一些看起来是往复循环的,其实仅仅往复而并不循环。

## 13

一个庸俗的人,可能永远不会有高尚的时刻;一个高尚的人,却几乎可以肯定,必然会有庸俗的短暂时刻。

高尚是反人性的,因此,高尚是超越了一般人性的最高人性。

## 14

宇宙之外没有宇宙,但有无尽止的没有时间的空间。一想到这一点,我便既有了天空又失去了天空。

时间也是这样。

## 15

哲学也许可以被说成是感觉,但感觉绝对不是哲学。

对许多问题或命题的回答都隐藏着这样一个秘密:由此出发,但永远不能返回。

这与人生的道路完全相同。

## 16

我注意到，当春天到来，许多树都是先开花，然后才慢慢长出叶子。草本植物却不同，它们是先长叶然后才开花。

都是植物，叶与花的先后却如此相反。

这是因为与草相较而言，树有着能够活着熬过寒冬的枝干，是植物中的强者吗？

但美国诗人罗伯特·勃莱却将自己比喻为草叶："夜里我吃够了苦，像一片草叶/泡在黑水里，但我熬了过来。"

## 17

新建的公路旁边，那条旧公路被废弃了，但它仍与新建的公路基本平行着一起向前方延伸，只不过有时与新公路的距离拉得稍大一点而已。

不再有车辆，甚至也不再有人行走的被废弃的公路，它还有前方吗？

雨后，它无人无车辆行走的路面黑得亮而寂寞——没有一棵草能在那路面扎下根去。

它仍然是路。

## 18

暴风雪后的寂静因为无人行走而加深了，而那静下来深深埋藏了大地的雪，它的白光，比日光更加强烈！

这暴风雪后的寂静意味着什么？雪地上那群不断飞起又落下的乌鸦又意味着什么？

有树的细枝被雪突然压断，发出一声细微但清脆的断响。

其实，只有这声断响是突然的，使树枝折断的压力，是早就在慢慢进行的——是进行，而不是加强。

寂静也在进行，这是暴风雪创造的寂静，因此它与所有的寂静都是那么不同。

## 19

风永远不能完成自己，因此它不断地从不能完成处再次吹起，但不断就意味着间断，意味着一次又一次的结束和开始，开始和结束。

风也是西西弗吗？但风没有自己。

## 20

当我登上那不高的山顶，一个在未登上山顶时看不见的世界，不分先后地同时在我眼前展开。

它是有限的。

我又登上了一座山的山顶，虽然这座山比刚才的那座要低一些，但我仍然看到了一个刚才没有看见的世界。

它仍然是有限的。

如果我爬上一座更高的山呢？如果我登上最高的峰巅呢？情形仍然不会改变，每次我看见的，仍然是一个或大或小但总是有限的世界。

无限的世界，是一次一次地展现给我们看的。

它允许我们看的，总是有限。只有极少数人才获得这样的允许：从提供的有限中看见了无限。

## 21

春天在我心里下雨,但那雨水漫溢到哪儿去了?我只听见雷声,滚动,咆哮,内心的闪电照亮了隐蔽的一切,但并不持续,而只是一瞬连接着一瞬,在那一瞬与一瞬之间,是什么也看不见的黑暗……

黑暗也只是一瞬,但在我的感觉中,它是那么漫长。

同样的时间长度,黑暗却总是长于光明。

鸡鸣不已。

## 22

道路在前面拐弯,壁立的山崖挡住了视线,因此,道路呈现出在那儿终止的假象。

这是一条陌生的道路。我之所以能够判断道路的终止只是一个假象,完全依赖于推论:没有一条道路会这样终止。真正到了尽头的道路,反而是舍去了像山崖这样巨大的遮蔽的。

## 23

命运,总是在残酷的时刻才在一个人的眼前真实地展现出来,那个人是流放途中的屈原、李白,是未被流放但失去心灵自由的任何一个人,当然,更是那些自我放逐而承担起超出于一己命运的人……

一个满面红光的幸福的人,是不会感受到命运的。即使他说到命运,也不过是说起"命运"这个词而已。

命运不是"命定",而是一种重压,一种总是让人突然感受到的重压。

# 天空之下

## 1

　　河流在最黑暗的夜晚,仍然泛着粼粼的波光。虽然微弱,却是黑夜里唯一的并且不断奔流着的光。

　　那光来自河水。它只在最黑暗的时候呈现。在白天,你如果想看见它,你就得能够先看见最深的黑暗——黑暗,是所有的光出现的方法。

## 2

　　蜡烛只在停电的夜晚才会被找出来并且点燃,因为它的光远远没有电灯明亮,但它是火,是直接的火,它的光是火光……

## 3

　　不断地深入,再深入,直到茫茫的大雾遮掩了一切,直到一切又从雾中出现,真实地围绕在身边,变幻形体和色泽……

　　雾中有一个码头,那儿有许多船曾经归来,也有许多船曾经出发,但现在只有雾……

## 4

  一个人的一生中，有多少事情永远被遗忘在忘川里？
  遗忘就是不再记起。记起就是那已发生过的事在一个人的心里再次发生。
  因此，只发生过一次的事是从未发生的。这正是我们永远地遗忘了那么多事情的根本原因。

## 5

  我有两只表，一只钟，它们的时间总是不一样，因此我平时只用一只。但如果有什么重要的事情，这事情与时间的准确紧密相关，我又在家里的话，我免不了三只都看上一眼，结果可想而知，得靠我的主观武断来裁定客观的"标准时间"。
  我的麻烦在于，量度客观标准的钟表太多了。
  但我的麻烦也可以归之于存在的客观是各种各样的客观，而没有只作为一个的客观。

## 6

  一场经过的暴风雨，道路上积满了水，太蓝的天因此倒映在道路上，不断地被疾驰的汽车或小心翼翼的自行车碾碎，但是只要能稍稍平静下来，蓝天就又在道路上荡漾了。
  由此似乎可以说，平静就获得了天空。

## 7

  在深山里听见寺庙的钟声，我没有想到寺庙，意识到的也不是时间，而是一种脱离了时间的苍茫空间，在这样的苍茫空间中，我的身体也虚无、飘忽起来，只有灵魂格外地醒着，倾听着一下又一下的钟声……

这样的钟声也是虚化了的，它作为时间刻度的本质淡去了，只保留了一点对于时间的暗示，被突出的是它在空间中传播、震动着空间所获得的空间感。

脱离了时间的钟声与空间，让人下意识地肃然敬畏……

默温的诗："它们出现的地方，我似乎来过／我认出了它们的栖息处，好像记得／我的前生／正是现在我也在那地方走着／寻找自己。"

不同的仅仅是，给默温以启示的是蘑菇，以及我"认出"的不只是前生。

## 8

对于不可以说的应该沉默。但这种沉默应该是显示，显示那些不可以说的。

哲学上如此，现实生活中也应该如此——它区分出这种人和那种人。

## 9

一场雨已经走远，台风在遥远的海上呼啸，这儿，风藏在静下来的空气里，树叶上残存的雨珠垂直滴落。

这很像整个世界：风暴的边上一片平静，平静的邻居就是巨大的风暴。

一只翠鸟不关心这些，它歪着头，站在一棵芦苇上，全神贯注地注视着水面——它期望能看见一条鱼冒失地从距水面不深处游过。但这是雨后,倾泻下来的有些凉的雨水,使水的上层变凉了,冷血动物的鱼,现在都在水底取暖。我估计,这只翠鸟今天将饿着肚子过夜。

翠鸟应该知道雨后不易捕到鱼,可它仍不放弃,仍然立在那棵芦苇上,摇摇晃晃地盯着水面。

这很像我的父老乡亲,即使在大旱或洪涝之年,他们也仍然在地里耕种,仔细地观察着墒情——

仅仅为了生存。

## 10

夜霭降临时,远远地有狗的叫声,几声叫过有短暂的停歇,然后又叫上几声,有时会有另外的狗加入吠叫,于是叫得就持续些,但最后总是没有原因地突然停止,把大地还给寂静。

夜里也是这样,偶然醒来,便听见犬吠,如果有月光从窗外照进来,那犬吠声就像在月光中飘浮,让人有些恍惚,觉得窗外的田野突然变得没有尽头地辽阔,墙壁突然不存在了,自己整个人都敞露在飘浮的月光和缓缓移动的大地上……

这是我不断重复的感觉,在我居住在乡村的那些年里。

一种生命的叫喊唤醒了一个人的生命的感觉?或许是的,那时我总是比平时更清醒地意识到自己是一个人活在这世界上。

## 11

狗如果叫起来,那总是有原因的。

## 12

默温说:"启程出发总是相同的。"这等于说:途中和终点各不相同。

但我看到,许多人启程出发并不相同,而其途中和到达的终点却极其相同,因此,他们的名字被忽略不计,仅仅用一个词来笼统地指代:芸芸众生。

## 13

那蓝色的水里居住着我们可以近距离地观看的天空。

但是别伸出手去——

天空不为任何人所有,蓝色水里的天空也不例外,你一伸出手去,即使只是试图抚摸它,它也立即碎了。

所以,天空是易碎品。

## 14

这儿是永冻带,这儿的土地从未被翻动,尽管短暂的夏季它也生长一些植物,允许它们依赖自己的营养开花。

我有些好奇:从未被翻动的土地里,藏着些什么?

很显然,这样永冻的土地,不会欢迎任何人——出现在它面前的是探险家,或者说是不速之客。

人不适宜在那儿长久停留,轻松地在那儿越过并栖息的,是一些非人的白色生物。

## 15

每个人都做一个梦：突然，便发现了许多钱。

接下去的梦无须多说，因为每个人面对许多自己发现的钱会怎样，人人都知道。

这个梦表明了人最基本和最高的欲望。最清醒的人把它控制为偶尔的梦，而不为那不属于自己的东西疯狂。

## 16

在树林中，你很可能不会发现任何可食的果实，因为绝大多数树林里的树，并不是果树。

认识到这一点很重要，因为唯有这样，你才有可能无条件地爱上任何一片树林，并且发现它为你带来的愉悦。

# 起伏的苍茫

## 1

深秋，站在一棵树下，感觉时间就像叶子一样在飘落、飘落。看看地面，又感觉时间像那堆积的落叶一样深。

春天时站在一棵树下却没有这个感觉，而且我喜欢看那些新叶，感觉它们就像是在我不经意间落上树枝的鸟儿，正在对着我啼鸣，叫我看看它们，看看四周生机日益勃勃的世界。

时间，在春天好像被这些事物溶化了，溶解在这些事物中了。

时间是抽象的，但一切抽象都会不断找到它们的形式，并且告诉你它的变化。

人不能再找到形式，不能变化，是因为太具体了。

身体因此沉重，生命因此沉重。

## 2

夜间乡村间断的犬吠让我总感到有起伏的苍茫。

在城市，夜间犬吠传来的却只是噪声，让人烦恼。

这也是城乡差别。

这差别是因为什么而产生的？是因为乡村的辽阔，乡村的夜总是具有原始的性质？

## 3

　　每个人都携带着死亡生活。

　　这大概就是罗勃特·勃莱为什么在诗中写道："从床上起来，我忍受着黑夜，活下来了。""在加拿大的密苏里，我愉快地醒来。"

　　——是的，每一次醒来都是仍然携带着死亡，而不是被死亡所携带。

　　生命因此美好。

## 4

　　清晨，霜回忆起它们是水，但现在它们虽然再次诞生在又一个夜晚，并且度过了又一个夜晚，但没有星星隐藏在里面。

　　不能保存的就只能回忆。回忆通向所有地方、所有事物。

　　但回忆本质上与梦相似：另一种真实。

　　霜重新变成水，两种真实融化到一起了。

## 5

　　我常常想起风雪山神庙之夜中的林冲。

　　风。雪。山神庙。夜。仍然在被不断落下的雪持续覆盖的草堆。一个已经被实现怀玉其罪的人。

　　林冲可能只是个虚构出来的人，但他却是极其真实的。

　　使虚构却极其真实的，永远是人和人的生活。

## 6

　　一束光从窗户外面进来，空气中的灰尘因与光相对的黑暗而被照亮，而显现。

　　与其说黑暗是事物显示的背景，还不如说黑暗是事物显示的方法。

　　当然，必须有光，没有光，黑暗仅仅是吞没一切的黑暗。

　　我注视着这些灰尘——它们在舞蹈，舞姿轻盈而飘忽，仿佛兴高采烈。

　　它们因为什么而这样高兴？"始于尘土，归于尘土。"它们也知道这句话，知道世间一切都归它们主宰？

　　是的，我们呼吸空气也呼吸空气中的灰尘，我们的脸洗得再干净，也仍然落有不被看见的灰尘。

　　或许可以说：一切生命，在其活着之时，都仅仅是为了不陷入泥土而努力地活着。

## 7

　　第一场雪来自那未被述说过的天空深处的光芒。

　　它的呐喊在那儿回荡，越接近大地它越是沉默，它把声音留过万物，留给那些尚能惊喜的人们。

　　但我可能是那在子夜过后，仍然凝视窗外黑暗的少数人之一，我看见雪飘落时万物都在黑暗中醒着，仿佛这些雪是降临大地的星星。

　　第一场雪标志着一种转折，它们不会改变任何东西但的确改变了一切。

2010 年 12 月 15 日雪

# 在田野上

## 1

遍野盛开的油菜花,用它的金黄,使因为一览无余而乏味的平原生动起来,而一团被雨洗过的红色,在金黄色的海洋中缓缓移动,那么鲜艳,活泼,可爱。

其实那是一辆拖拉机,它正在一条因为油菜花的遮掩而看不见的路上行驶,如果走到它边上,就会听到它"突突突"的吵闹,看见和闻到它从排气管里喷出的黑烟。

但是现在我离它的距离足够远,它因为只是一团缓缓移动的红色而显得可爱。

我不知道我这种因为抽象的颜色,忽略了实体所产生的感觉对不对,但是我感到愉快。

## 2

在田野里,我遇见了几个挑野菜的孩子,男孩和女孩,都拿着一只篮子,一把小铲刀。篮子里是些荠菜、马兰和藜蒿。菜上有些泥,他们的手上和脸上也有泥。

他们笑着,闹着,手却仍很敏捷地挑着野菜。

我站下来看了他们很长时间,他们却只瞧了我一眼,就再也不理会我了。

原因很简单:我从他们身上看见了也曾经这样在春天的田野里挑野菜的自己,他们在我身上却什么也没有看到,尽管我身上隐藏着他们的未来。

这样也很好。他们因此快乐。

## 3

我早已丢失的我挑野菜的篮子,现在因为这几个挑野菜的孩子而被我想起——不,不是想起而是发觉。

一旦发觉自己有所丢失,发觉丢失的就不仅仅是开始时觉察到的那一件东西了。

## 4

雨追赶着我,当我发觉不可能在雨追赶上我之前跑进那间草棚,我索性停下来了。而雨,却像一个人那样地从我身边一闪而过,很快就跑远了。

哦,雨并不是在追赶我。

一个经常很容易产生的错觉。但是,雨又的确是从我身后追赶过来,越过我而跑向前去的,这能说是错觉吗?或者,错觉里也隐含着真实。

## 5

雨没有信仰。

一切自然之物无须信仰就可以生存或者存在。

无须信仰就可以生存或者存在之物是自然的。

我不可以。

但是，决不能因此说我是不自然的。

逻辑三段论在这儿失效了。因此，合乎逻辑的固然可能是真理，但不合乎逻辑的未必就都不是真理。

## 6

人与人之间是大海。

## 7

风雪到来之际，天色总是暗了下来，然后，才会有白色的雪下进眺望它的那个人心里。

但是，风雨到来之时天色也会同样暗下来。而且有时仅仅是风，使一切裂缝在并无变化中的确突然扩大了的风。

## 8

一个世纪行将结束的时候，必然会有人出来说话吗？我对此保持怀疑。我听见的除了喧嚣还是喧嚣，除了沉默仍然只有沉默。

当然，我听见的还有那没有被说出的话。

## 9

向高处走去的那人是谁？当他转过身来，他已变得苍老，就像他身后的岩石和岩石上的积雪一样，声音对于他又有何用？那儿没有人，因此他只对自己说话，固执地，就像对他说话的天空……

## 10

万物啊，每个人都终将失去你，因此每个人都努力地甚至是挣扎地活着！

## 11

"终点就是忘记"，但并没有人是为了忘记才向终点跋涉，并企望着到达。

一个比喻：出生不是为了消失，就像雪，到达大地并不是为了忘记天空。

## 12

漆黑的夜里，当你在不知是谁开亮的强烈的灯光中突然醒来，并猛然睁开眼睛，你必须忍受一阵更深的而且是带着橙红色的黑暗，然后你才能看清眼前的东西。

## 13

当我想起"夜晚"这个词，周围的一切不一定就已经都暗下来了。如果已经暗了下来，那么这是巧合，也可以不是。

不过，现在的确是一个世纪末的一个夜晚，祖国就是窗外那些我看见和没有看见，但必定正次第亮起，将风雨和无风也无雨的大地与天空连成一片的灯火。

灯火亮着，灯火照见和没有照见的一切，共同生成着历史。

## 14

人并不需要影子，但没有谁能摆脱它。

那就像另一个自我，不停地变化，对本我并无变化不理不睬。

## 15

水壶里的水开了之后，就会发出声音。这声音，可能是水在愤怒地咆哮，也可能是水在歌唱。相同的一点只是：水的热度已达到了顶点。

## 16

远远地，我曾经有好几次，将稻田或者麦地里戴着破草帽的稻草人，当成正在干活的农民。这当然是我弄错了。但后来我觉得我并没有看错——他们辛苦的本质是一样的。

## 17

惊讶总是因为只知道结果。

我有时甚至对自己感到惊讶，因为当思想将我带得很远，我猛然站住往回看时，只知道自己已走了多远，却不知道，自己为何能够在不知不觉中就走得那么远。

## 18

不论喜欢不喜欢你生活的时代,你都必须忠实于它,这就像你生活的那片土地,不论你愿意还是不愿意,你都必须在它上面耕种,而且不可逃离——不管你能走多远,你脚下的土地都是它的延伸。

## 19

一个世纪结束了,悄无声息。子夜,火车带着它的灯火,从一个小站一闪而过,留下它的呼啸,消失在目光不能看见的远方……

留下的呼啸也不能持久,一切复归平静,但如果低下身去抚摸铁轨,将会发现,承受过超载的火车击打的铁轨仍在微微颤动,仿佛它也有生命,也在呼吸……

## 20

腐败在毁灭腐败物的同时,还毁灭了什么?

雨后的森林里,最艳丽的蘑菇毒性最大——它将诱惑谁?

真理总是朴素的,因此它总是容易被忽略。

## 21

一只盛满水的杯子如果能够行走,水免不了会晃出来——这就是人们认为它犯错误的原因。

## 22

最炎热的天气，即使有微风，绿得耀眼并且挤在一起的树叶，看起来也似乎不动。

蝉嘶鸣着。那声音彻底干燥，没有一点水分。

这是伏天。雨好像都下在梅雨季节，曾经平地汪洋，到处是太多的水。

那些水全都流走了。没有不流走的水，也没有不炎热的伏天。

阳光明亮。热情洋溢的天气，生活热气腾腾，汗流浃背。

合欢花开着。几乎只有合欢花在开着——抛洒色彩的是春天，不是现在。现在的主色调是绿，各种各样的绿，在渐渐变得苍翠。

炎热和苍翠是伏天的主题，互为因果，但它们也将分开。

## 23

常常看到这样的情景：一个人，一只狗，在散步，有时是那人牵着狗，有时是狗牵着那个人。

我感到一丝幽默。

我是不养狗的人。如果我养狗，一个前提就是那狗绝对不是宠物。

## 24

暴雨倾泻！

暴雨都是突然的，没有前奏和准备。仿佛是许多长途跋涉的水，运行到了头顶的天空，它们累了，于是一齐降落，甚至狠狠摔下、砸下。

疼痛的不仅是它们，大地和地上的人，也一齐感到疼痛——

道路、街道上平地数尺都是湍急的浊流，没有什么雨具能遮挡住这雨。

但没有人埋怨这老天这雨。原因仅仅一个：天也好雨也罢，埋怨它们毫无用处。于是，所有的人，都具有了理性，都耐心地等待着暴雨停止。

在其他某些其实性质一样的事情上，人们为何常常不能这样？仅仅因为那对象不是非人的天和暴雨？

这次暴雨停止得比较快，两个小时后，居然连太阳都出来了。世界，于是又一切正常。

## 25

有句名诗是"东边日出西边雨"，有个名词是"太阳雨"。太阳雨当然不是东边日出西边雨，而是阳光和雨同时出现。

刚才，我就看到了太阳雨：阳光热烈地在照耀，而一阵不知从哪儿来的雨，也在热烈地下，雨点虽然不够很密，但是很大，打在阳台和空调的遮雨棚上，叮叮当当作响。

我停住了准备收晾晒的衣服的手，饶有兴趣地观察这太阳雨——

强烈的阳光使空中的雨滴透明，仿佛不是雨，而是许多晶莹剔透圆润的珍珠在持续不断地落下。

世界上不会有这么多珍珠的。果然，没一会儿雨就消失了，空中现在只有阳光，全部是阳光。

非常纯粹的美丽。

毫无危害的美丽才有可能拥有纯粹之美。

# 代　价

### 1

我不曾选择的生活选择了我,"生活在别处",这就是命运。或许,生活中从来就只有"别处",而无真实的"此处"?

### 2

玛丽安娜·穆尔曾言:"思想是件迷人的东西。"但迷人的必定也是令人苦恼的。而且,一个有深刻思想的人注定孤独——他几乎没有真正的交谈者。

### 3

我曾经写过:"我有三支钢笔,但我每次只用一支。"现在我补充一句:我每次使用的,几乎都是已经用惯了的那一支。

### 4

走过黑暗和更黑的黑暗,永不回返的,是河流。我不知道此外还有什么能做到这一点。

## 5

黎明,是影子最长的时刻,但身高并没有改变。

## 6

一棵树竟能活过千年,并且还继续活下去!

人何以堪?

但树从来到这个世界就寸步难移,固定在尺寸之间,或许有言语,但可以肯定,它不会有思想。巨大的代价。活过千年又如何?宁可为"生年不满百"的人,有时来看看活过千年的树。

## 7

君子对付小人的武器唯有蔑视,而小人对付君子则有无所不用的阴谋与鬼蜮伎俩。所以,凡是君子实质上都是"不抵抗主义者",他不允许自己堕落成小人的高傲,使他放弃了"以其人之道还治其人之身",因此他总是被动的众矢之的。

托尔斯泰主张"勿抗恶",是否也有他是君子的缘故?

## 8

电脑中的扫雷游戏吸引人之处在于:你永远不知道哪一颗是雷。而爆炸,也就是危险,永远被限制在电脑里。

这和在动物园里隔着铁栏观看老虎,是一回事。

渴望面对危险,但更重要的是安全,是人的本能。能克服本能的,就是勇士、英雄,或者高尚的人。

## 9

人类是最喜欢下结论的动物,但据我所知,所有已下过的结论都已经成为历史——众所周知,历史正不断被新的考古发现补充、修正、更改或重写……

不过,这并不妨碍活着的人们继续给知道和不知道的一切不断做出结论。

## 10

风吹过原野,沉沉地,像吹过一个延续了亿万年的梦,那梦中有人,有河流,有憔悴或生机勃勃的绿色,有轮回的四季……

现在正是春天,我的心为何隐隐感到疼痛?

"落花人独立,微雨燕双飞",多少个这样的春天,多少次这样的风!我在其中,又在其外,我静听风、原野和我与非我的生命呼吸……

什么是梦?那就是你不能控制但被你看见和经历的东西。

## 11

这风曾经是什么?它抚摸过自古至今的整个世界?它停下来后在哪儿度过不属于它的白昼与夜晚,而不被发觉?

油菜花铺天盖地。如果没有风吹拂,花香将堆积起来,沉默而浓郁。而现在这香气是如此嚣张,忘记了风。

沉默不语的是我——风,吹醒了我的灵魂,我听到它叮当作响。

## 12

风仍在沉沉地吹着——感觉到风,我就有了空间的感觉。

那么高的天空,那么辽阔的大地,那么多的人和物,它们都由空间确定、构成,到达这个春天。

到达并不是目的。我到达这里,意味着什么?没有回答,四周只有继续自行吹动的风……

## 13

风是流动的空气,那么,静止的空气是什么?

现在,一切都静静的,只有我在走动,在这个没有风的春天的下午,在油菜花香堆积的田间小路上,明亮的阳光中,我不仅仅感觉到,而且真实地看见潮湿的地气一直从地面袅袅升向天空——空气因此并不静止,因此是另一种形式的风。

## 14

天气突然冷了下来,几乎可以穿毛衣了,但这是五月末的夏天。

我感到,即使是在夏天,在我暂时看不见的某处,也仍然有永不消融的皑皑白雪。

## 15

这是一个允许触摸的春天,我感觉到它心脏的跳动,一如我自己,我由此感到幸福。

那个童年傍晚的雨因此一直下着，纷纷扬扬的春天来临的细雨，像一句在漫长岁月中深藏而终于艰难说出的话，永恒地滋润着我苏醒的生命……

在那之后所有的季节都是春天，都是纪念日。

我沉睡了多久？我沉睡的同时，又因为什么而梦见那我从未想过的，并且因此醒来？

那是一个预言。但当时我不知道，直到它成为可以抚摸的真实。

使人真正醒来的，总是可以抚摸的真实，也必定是可以直接面对的真实。

# 16

某日，我在一条道路上来回走动，直到一朵突然涨红了面孔的花开放在我面前，我似乎才猛然醒悟我傻傻走动、等待的目的。

给一个人带来醒悟的花，必然是世间最美最富有灵性的花——当然，它不必一定是花，也不一定就是花，它可能就是另一个你自己，你在一条道路上来回奔走，等待的就是与隐藏的那一个自我相遇，并因此与整个世界相遇。

# 17

追求和迷恋都会使人变傻。

如果可以选择，那么，我愿意我的变傻是因为追求和迷恋的双重原因，而不仅仅是迷恋。

——理性加入的迷恋才是可靠的。

## 18

在众人中,我以心听见天空的跳动。

此前,我不知道我有这种非凡的能力——它是由被倾听者创造出来的。

## 19

幸福使我痛苦,因为我不能使它更圆满。而这又使我惭愧,从而质问自己:你配得上享受这尘世少有的幸福么?

更让我暗自惭愧的,是我虽然质问自己了,却不愿坦率承认自己根本不配享受这幸福——自私的根性,藏得多么深,多么难以克服啊!而我现在虽然将这一点自我坦白出来,其动机也仍然可疑:是否只是出于"以退为进"、避重就轻的狡猾?

幸福的赐予者,请你宽恕我!

## 20

夜晚似乎更是思念的时刻。

风吹动脚步声,我知道那是幻觉,但我仍然忍不住回过头去,看见风,看见风中的树叶——它们也在思念,思念那我所不知道的,并且在低声自言自语……

我却害怕自己会失声叫喊,因此紧紧咬住了自己的嘴唇……

## 21

闪电瞬间照亮了夜色中存在之物,然后一切又重新回归视觉失去作用的沉寂。

没有雷声。这是夏夜常有的闪电,它远在百里之外,远在天边。

我的心中也有这样的闪电,但它每次都伴随着隆隆的雷声,带动我那因缺少了必要之物的心的旷野一起轰鸣,久久不能平静。

"心啊,你能否安静些!"这是谁的诗句,他又是因为什么而这样无可奈何、几乎绝望地朝自己叫喊?

## 22

我活着。我已醒来,因为一个声音的呼唤。

那是我在众多声音中辨认出的一个声音,我活着就是为了等待它出现,给我以新的生命。

现在,一切都是新的,都是有意义的。

# 柔软与坚硬

## 1

"一个人一生有多少次爱恋?"秋天到来,在平地上,我也仍然望见遥远的山下,那行走的人仅仅是几个几乎看不出移动的小黑点。

谁是我?你是谁?姓名只是一个符号,认识的,是与符号无关的人。

## 2

秋天。比秋天深的是一次爱恋,它里面是否藏着即将发芽的春天?

是的,我喜爱的春天不是普通的使万物萌芽的春天,而是它自己发出芽来,变绿,而且日益葳蕤的春天。这样的春天不回答问题,它只生长,像爱情,里面包含着深深的思念。

如果你必须吃下它,最好的方法是一口吞下,千万不要细细品尝——它的味道是苦的。

## 3

疯狂的爱情是否也如疯狂的春天,将它的花朵在雨水中疯狂摇晃?

在狂风暴雨的捶击下,花瓣谢去,青青的果实开始生长。

那是一种欢乐,一种幸福,但也是一种巨大的痛苦。

我一想到这一点,就觉得人是一种愚蠢而可爱的动物——会因为相遇而融化,而欢呼。

越过的障碍因此变得美丽。

## 4

呼吸毛茸茸的,让人发痒——痒是一种想笑的感觉。

"上帝一发笑,人类就思考。"——我把米兰·昆德拉的一句名言倒过来了。

## 5

无数人使用过的语言我们仍然在使用,无数人经历过的春天我们接着在经历——仿佛是第一次,的确是第一次,我们使用这语言仿佛是我们发明了这语言,我们经历这春天仿佛是我们发明了这春天……

这就是创造的秘密:永远是第一次……

这也是爱的秘密:永远是第一次……

## 6

　　雨停止之后,雨声仍会持续一段时间——那是从树叶和檐间滴下的雨水的声音。相对于已经停止的雨来说,它们似乎是迟到者。但实际上,它们却是坚持者:它们在与雨同时到达已经发出过声音之后,又一次地发出了自己的声音。

## 7

　　又一次春天。它是我的又不是我的——花在我之外开放,草在我之外碧绿,蝴蝶在我之外飞翔……
　　我只有感觉,开放的花、碧绿的草、飞翔的蝴蝶告知我的感觉。
　　"如果离开身体/我将怒放成一朵花。"但是我知道,离开身体的只是我的一种感觉,而不是我。

## 8

　　思念压倒了我,更压倒了窗外的雨声。但这是个秘密。思念的重量因此更重了,奇怪的是这反而加深了我的思念。

## 9

　　爱是一种疼痛——为你所爱而疼而痛。最初发明"疼爱"和"痛爱"这词语的人,一定深深地体验并领悟了这一点。

## 10

活着就是忍受,即使是鸟语花香的大地,也仍然是人必须忍受的事物。

那些不需借助于宗教等等,自己就能坚强地面对一切的人,因此是值得敬畏的:他将忍受变成了大地,他就在那上面行走。

## 11

童年时我家门前的河边有一天忽然堆满了许多石块——其实那是混凝土预制构件,但村里人都叫它"石块"。那是运来准备造桥的。我比谁都激动,因为我还从来没见过石头造的桥。我一次一次地梦见自己在那桥上走着……

一年又一年过去了,运那些石块来的人再也没有出现过,草长上了那些石块,春天下雨的夜里,被那些石块阻挡积留的雨水找到道路,像小溪一样流入河里,这时,在那些临时的溪流和石块的缝里,可以捉到从河里游上来戏水的大虾。

后来,那些石块逐渐消失不见了,可能是被人在夜晚给偷走了吧。一座可能出现的桥就这样带着那可能永远不会出现了。这改变了那些石块的命运:它们本来是要结构成一座桥的,本来应该还在我家门前那条河上倾听着流水……

现实中的许多事其实就像一个梦,不同的是现实中的这梦会改变有关事物的命运。

## 12

哲学向语言的转向是当代西方哲学史上的一件大事,产生了语言分析哲学等等重要学派以及一大批重要哲学家（即使是现在"时髦"的解构主义也与哲学的这个转向有渊源关系，因为如果没有发生哲学向语言的转向，解构主义便无发生的可能）。

这一转向对哲学有它的贡献。但我关心的是，世界或者说存在固然是被语言命名、说出，可是以语言为对象的哲学，是否只停留在"通往"的路上，而多多少少地忽略了"通往"的何处？从它对后来哲学的影响来看，是可以这么认为的——这个忽略，最终发展出了"解构"——干脆解构也就是否定那个"何处"。"通往的何处"不存在了，"通往何处"自然也无须考虑了，"白茫茫一片大地真干净"，但信仰危机也就出现了：人不知道自己为什么活着，活在哪儿。于是可以也只能紧紧抓住的便只有"眼下"——"眼下"甚至不等于"现在"。

## 13

21世纪到来时一片欢呼，因为它被认为的"新"。其实无所谓"新"，20世纪的一切都作为遗产被继承下来了，包括那不想被继承的。

新的只有日历上的数字。

## 14

一条铁路卧在蒙蒙小雨中，黑色的铁轨闪着比它自身更黑的光。

这是傍晚，铁的轨道上没有人行走，也没有奔驰而过的火车，仅仅有向着雨中逐渐暗下来，很快就会消失在无边黑暗和寂静中的远方延伸的铁轨，仅仅有开始青得发黑的野草，带着雨水在铁路两边无声弥漫，渐渐与到来的夜晚混杂在一起。

这不是铁路。没有火车车轮急速击打的铁路可以是任何东西，但唯一不是的，就是不再是它自己。

片刻或者稍长时间之后，火车将会出现，但是现在没有。

这是一个改变了一切的现在，一个暂时但决定了暂时的时刻——起决定作用的，往往是"没有"，而不是"有"。

## 15

停下桨来倾听水声的夜晚，夜晚就是清凉的水，像明亮地消失又再现的目光，像一个曾经做过但永远是第一次的梦，来自我们被迫生存的地方，使我们仿佛并不是被迫生存。

——这是一种危险！一切形而上的东西都充满了危险，但形体，尤其是这形体是肉体时，它更加犹如沼泽。

不陷入沼泽时，沼泽是美的，但美的不是草，不是水和水中的天空，也不是不停地吹过它们的风，而是所有的一切，那被称为沼泽的整体。

不陷入就是在沼泽之上。

## 16

黄昏时那在路上的人脚步不知不觉地加快了。

他们要到哪儿去？方向不一，但都是回去，回到有一盏属于自己的灯火的地方去。

有时，那盏灯只是暂时为他照明，有时是蜡烛，不够明亮的小小烛焰，在异地夜晚的空气中摇曳，坐在焰火边的人，逐渐感受到那微弱的光明正在慢慢减少，最后，蜡烛烧完了，夜的黑暗涌满房间，比窗外更黑，比任何时候都黑……

这是在途中的时刻。

所有的时刻都是在途中的时刻，"回去"不过是一种错觉，一种稀薄的安慰。

我明白这一点。我所看到的东西中，只有泥土是旧的。

## 17

"白马非马"并不错误，马中一种的白马自然不是包括所有马在内的那个抽象的马，甚至可以说，世界上只存在白马、黑马、黄骠马等等具体的马，作为种属的抽象的马只存在于纸上。

但"白马非马"也并不正确，白马仍然是马，有着并且必然、必须具有马所具有的一切特征。

这世上有许多类似"白马非马"这样既不错误也不正确的事物。哲学研究这些。一般人则只要有个模糊的概念就行了，例如看到一匹白马或黑马时，脱口而出的是："马！"而不大可能准确地说："一匹白马！"或"一匹黑马！"因此，一般人是把"准确"的事儿留给别人做的。

## 18

我曾经是人民公社社员——这名称比"农民"似乎好听一些。当然，我这样说并无肯定"人民公社"的意思。我只是想到语言是这么奇妙，不同的命名具有不同的意味，尽管所指并没有改变。

## 19

生活习惯主要是生活养成的。有什么样的生活就会有什么样的生活习惯。性格只起次要作用甚至不起作用。之所以这样，原因只有一个：人是被存在，而很少处于存在状态。

## 20

心胸狭窄者被喻为"小肚鸡肠",这实在太冤枉小鸡了——天真无邪的小鸡何时小心眼并且刻毒过?人们都爱毛茸茸一团的小鸡却与心胸狭窄者保持距离,就是一个明显的实证。

## 21

一个人不必有过错就会被人憎恨,而越是这种性质的憎恨其强烈就越甚,越是难以劝解——因为它本是无理由的憎恨。

## 22

判断一个人是否称得上知识分子,并不在于看他是否有知识,而在于看他是否有良知——人类的良知。

## 23

良知在历史的任何时刻都是稀有的,不过这并不是因为具有良知的人太少,而是因为敢于坚持良知、体现良知的人总是稀少——光不照射出来它就不是光,甚至与黑暗没有什么区别。因此,体现出来的良知是与正气、大义凛然等等联系在一起的。

## 24

守法的人不一定就是品行端正的君子,很可能只是畏惧罢了。但这也很好。无所畏惧之人是可怕的。

## 25

尊敬是一种意识到自己逊于对方时的态度,所以在一些人那里它不可能长久地稳定不变——或是因为自己长久地逊于对方而变成恼怒,或是自以为已经和对方平起平坐甚至已经超过对方而变为蔑视。这"一些人"的标志是以过于谦恭来表示他的尊敬,并且生怕你不知道地一个劲地奉送溢美之词。

只有与尊重结合在一起的尊敬才是真诚、可信的。

尊重并不只给予胜于自己者,它也给予那些逊于自己者,同时也给予自己——那种过于谦恭、一个劲奉送溢美之词的人,其言行首先是对他自己的不尊重,又怎么能指望他能真正尊重或尊敬别人呢?

## 26

一切美德都是对人的也就是自我的动物性本能的压抑。所以,美德无法强加,只能靠"吾日三省吾身"的自我修养。一个贪官不可能因为道德教育而改变的原因就在这里。

但麻烦也在这里:对于那些没有自我修养意识或者尚无自我修养能力的人,外在的教育却又是必需的。

## 27

小人之所以是小人,在于他没有道德感,让人惊讶、不齿的卑劣伎俩,因此在他看来正是他聪明非常的体现和证明——他正在那儿独自沾沾自喜,几乎要为自己笑出声来。

## 28

当我一把抓住小偷已经伸到我上衣里面口袋的手，小偷脸上露出的却是老朋友相逢握手时才有的那种笑容，于是，本来应该是小偷的吃惊却转移给我了——小偷小摸本只是小小的罪恶，但这小小的罪恶的不断重复，也能使人性堕落得如此干净！

## 29

在一个完全陌生的环境里，人常常会显示出他的真实面目，因为他知道没有人认识他。

因此显示出真实面目的人，他知道他面临的是一个检验他的时刻吗？

## 30

天下有许多路，但你总是只能走其中一条，选择是对还是错，开始时是不知道的，后来其实也仍然不知道——判断对错的标准，没有例外地总是"成者王，败者寇"，以走这一条道的成败而言。至于当初如果选择走另一条路，可能会更成功，或者失败得比这一条要轻些这种种可能，因为没有发生就将其置之不顾了。很显然，这样判断对或者错都是伪判断。所以，与其忐忑于对错，不如不悔。

## 31

笼鸡有食汤锅近，野鹤无粮天地宽。幸与不幸总是紧紧纠缠在一起，幸福总是同时包含它自身的反面，这就像钱币，只有一面的钱币这世界上是没有的。

# 最大的偶然

## 1

春天的夜晚,有许多花朵正在凌空飞去,我听见它们像鸟一样的翅膀在空气中的拍击,轻柔,而没有声音。

## 2

不能飞的在春天都会飞,水一样晃溢的月光里,有人在井中打水,一只沉甸甸的水桶,在长满青苔的井壁围出的空间里摇摇晃晃,七上八下——水和水桶都在飞翔,虽然姿势并不优美。

## 3

天近拂晓我才上床睡觉,醒来时已是上午 10 点,窗帘也挡不住的阳光照得满室明亮,我的心情因此不需要理由地愉快。

邻居说,早上好大的雾,对面看不见人,9 点多才散。下雾天就是闷人。

是这样吗?

我和邻居因此有两个不同的同一天,我的这一天是没有雾的天高气爽的晴天——我的梦里是否有雾已经毫无印象，因为我连自己是否做过梦都不知道。当然，我已经知道今天有雾，但知道与看见是不同的，这不同甚至是本质的不同。

## 4

时间的嘀嗒声，是随着年龄的增长而逐渐大起来的。这也是为什么每到夜里时钟秒针的声音那么清脆、响亮。

因此我推想孔子在川上感叹"逝者如斯夫"之时，他必定已经不再年轻，不再年轻的孔子才会听见水流的声音那么湍急——他似乎是在看，但其实那是在用眼睛听。

倾听到的永远比看见的更多，意味着的也更多。

## 5

所有的花的开放都是短暂的，花因此而鲜艳、热烈、美丽，不论它开放在哪个季节，都是开放在春天。

那些长存不变之物如果美，则是另一种性质的美：与鲜艳、热烈无缘，永远静默在永远的秋天或者冬天。

## 6

我常常有这样的情形：与人交谈时，我只听见对方的话语，虽然盯着对方看，却视而不见，彻底忘记了面对的这个人。

这不礼貌。我知道。

如果我思考，我则连自己也彻底忘记了，周围的一切更不复存在。

这比与人交谈时更甚，幸好对自己无须注意礼貌。

海德格尔常常喜欢用的一个词是"出神"。倾听就是出神。我也喜欢这个词。

## 7

最大的偶然是生命的出现。一切都恰到好处,地球上才有了生命,然后有了人类,有了每一个"我"。

由此来看,一个人的一生是由许许多多连续的偶然所构成便理所当然,人所能做的,只是努力使自己的偶然具有意义,或者趋向有意义。而意义,则是一种主观的看法,一种"认为"。认为有了意义,偶然便被称为"必然"。

客观与主观、偶然与必然就这样交织、纠缠。

## 8

常识是重要的,它使我们得以适应这个世界,能够生活下去。大约正因为如此,人才从牙牙学语开始就学习种种常识,真正是活到老学到老,死而后已。

可对于一个人最大的危险也莫过于常识——常识是模范,使人循规蹈矩,碌碌无为。所以,"特立独行"这个词属于那些常常在某常识面前停下来,怀疑地打量,审视,质问,常常违背某常识的人。不过,这种违背不是故意,而只是有意,而且在那违背者自己看来,重要性并不在于突破某常识,而是自我。否则,则谓"作秀"或"倒行逆施"。

## 9

太阳最终将毁灭,地球上将因之不再有生命,沉寂若干万年的地球最终也会追随太阳消失，因为一切天体都不可能永存——这是科学家的预告。

这个大结局令人恐惧。幸好，还有几十亿年时间。

——这大约不仅仅是我一个人在听到这个消息时的想法。

人的自私根性，在关系到自我生命的时刻，即使在一个说得上是高尚的人身上，也会顽固地冒了出来。

我为自己也有这种"幸好"的想法而感到惭愧。

无计可消除的最是人类这种与生俱来的自私性。

所以，"公而忘私""大公无私"才是自古提倡、赞扬的美德。

所以，能利用人的自私性，顺其自然但遏制其劣性，促进社会发展，有利于公的社会制度是好的。

## 10

每一个春天都极其相像，但每一棵树每一朵花都是不同的。

相像的其实只是气候、景色，也许还有并不相像的心情。

## 11

每当一个人露出了小人嘴脸，我便想：噢，我又认识了一个人！

每当一个人使人感动，我又想：噢，我又认识了一个人！

## 12

气温实际并未明显下降，但雨使冬天显得寒冷，提前到来的夜晚更加深了我的这种感觉。

一个世纪结束时也是如此，但那最后的一场雨到底打湿了什么？没有人注意，对所谓新世纪的欢呼遮蔽了一切，而且的确像欢呼的那样，新世纪的第一天是晴朗的，阳光明媚地照耀着，似乎一切都重新开始了。

但按中国十二年一个轮回的历法计算，结束的尚未结束，开始的也尚未开始……

## 13

水在冬天突然变少，沟渠池塘几乎干涸，没有断流的江河也都龟缩在自己的河床深处，浅处不胜舟。

这从秋天就开始了，江河日下，不舍昼夜向大海奔流。但一个事实是，冬天的大海并未因此盈溢。海，因此神秘。

有许多东西实际上你无法知道它究竟去了哪里，它只是消失了，从你面前明明白白确凿地去了某地，但它虽然到达了那儿却又根本不在那儿。

孔子曾经长叹："逝者如斯夫，不舍昼夜！"孔子是聪明的，他只对眼前的流水喟叹，对不舍昼夜流水般的逝者究竟去了哪里只字不提。

## 14

窗帘不再飘动。不是没有风，而是因为这是冬天，窗户静静地关着。

隔着玻璃可以很清晰地看见风就在阳台上，它并不因为不能进入室内而焦躁，它悠然自得，仿佛有什么值得它欣赏或者沉思似的。

窗帘也很安静。没有什么是窗帘所需要的。

这与人很是不同。

## 15

油灯或蜡烛的火焰被电灯替代,照明的强度增加了,但微弱的温暖却消失了。

## 16

足够的高度之上雪永不融化,那儿永远是冬天,永远在下雪,永是朔风呼号。

永远是冬天便无冬天。"冬天"只是山脚下人类的一种感觉。

## 17

道路缓缓地上升,坡度平缓得让人很容易忽略,即使没有忽略也不打算从自行车上下来,但骑行了一段路程之后,两腿开始吃力,这才感到这拖泥带水的坡其实更累人,它以它的缓缓上升延长了你必须攀登的距离,道路变得漫长,从而弥补了坡度的平缓。如果考虑到逆风时由于它的平缓不能屏障住风,从坡顶顺势而下的风如同奔泻而下的水,力量大增所造成的阻力,那么,与陡坡相比,它就不但毫无愧色,而且简直胜过陡坡了——陡坡虽陡,却因其陡而使人有充分的思想准备,并且能挡住从它身后吹来的风。

这个世界,人们在路上经常遇到的,是将本来较短的距离变得漫长的缓坡。

## 18

　　寺庙总是金碧辉煌。为何总是这样?

　　我隐隐地感觉到了金碧辉煌里面暗藏的媚俗气息。

　　没有什么是无缘无故的。很多的时候,"神圣"只是感觉者的一种不能自察的想象。

## 地面上就是天空

### 1

在最黑暗中能够看清自己的人，他必然是平静的，风暴只在他四周咆哮，无法将他吹动。

### 2

在命运中流浪的人太多了，我只能视而不见。

### 3

理解总是缺席——我们通常所认为的理解，其实只是自己的推测。所以，不要轻易说我理解了什么——那至多不过是像两个圆在边缘部分有所交叉罢了。

### 4

暴风雨的前夕，地面上就是天空，一切都在天空中奔跑，包括本来不动不可能移步的那些固定之物——它们在自己的惊恐或者兴奋、激动中奔跑,以此加入暴风雨到来前突然变化了的景象。

也有仍然无动于衷之物——石头一如既往,没有表情,没有动静,仿佛它本身就是不存在之物。

但这与勇敢或无所畏惧无关——风雨是它不需要的东西,也是它可以无所谓地承受的东西。

## 5

风变得浑浊——它里面有沙尘,沙尘现在也是风,而风有了沙尘的黄色,有了沙尘呛人的气息。

你没法躲过它,你必须呼吸,必须行走。

吹过来的不是风,也不是沙尘暴,而是生活。

## 6

发生过的都成了历史,被记录在纸上。有多少种记录就有多少种真实,有多少种真实就有多少种虚构。历史因此总是麻烦的:你无法去核对,所能做的仅仅是校对——根据一张或数张纸来校对另一张纸。无比之轻的纸因此沉重——那是历史的沉重。

对于历史,你至多只能怀疑它的某个或某些细节,却不能从整体上否定它,原因一半就在这里,另一半则在于,如果完全否定了这纸上记录的过去的历史,现在就失去了来源而变得可疑。

## 7

风中一个骑自行车的人总是远远比一个骑摩托车的引我注目:虽然都借助于工具,但一个骑自行车的人就是他自己前行的全部动力，而骑摩托车的则完全依赖于他所骑的摩托。

在我所做的这种比较中，速度显然是被忽略了的。被忽略就意味着认为它不重要。

我相信我并没有错。

## 8

骨头支撑着人行走，但并不是所有能行走的内部都有骨头。

成语：行尸走肉。

## 9

所有的阅读都是误读，而正是误读往往生发出新的创造。

所谓"正确的阅读"是不存在的，或者说，它只存在于《语文教学参考书》上——问题正在这里："语文"这一命名的含义是"工具"。

只有工具才有"正确"的使用或者说运用方法。

"正确"运用工具的，自身也有了工具的属性。

## 10

一个夜晚结束了，衔接它的是它的截然相反者：一个白昼。过渡却不清晰，甚至暧昧，夜晚的黑与白昼的白渗透、搅和在一起，相互纠缠，没有明确的交接点。

因此，最明亮的白昼中也存有夜的元素，一个白昼的结束从而是又一个夜晚的开始。

不识字的人也会恰如其分地将此称为"轮回"。

## 11

风沉沉地吹动着,树木微微摇动着它的枝叶。已经是秋天了,然而炎热依旧,万物仍沉浸在夏季。

只有耸入空中的最高的山峰与众不同——它上面是皑皑的白雪,它已经进入了冬天。

没有什么对错,存在决定意识,它们都有自己的原因与理由。

而我,已经忘记了季节,需要经常被提醒,但我记得时间。

## 12

能够一言不发多好!

当然,我不是说做一个哑巴多么好,而是说能够学会沉默是多么好。

沉默能够使人学会倾听,听见那些从未说出的话,听见万物的交谈。

## 13

立体的时代,文学却日趋平面。

平面就是单面。作为精神体现物的文学日益平面,表明的便是人们正在变成单面人。

单面人似乎还不太糟糕——如果是与时下"我是痞子我怕谁"的那些所谓文人相比。

我没有看到好转的迹象。而且我在我有限的生活范围内,也已经不断地见到这样的人和现象。

精神错乱的时代，能做的仅仅是独善己身。

## 14

随着年龄和阅历的增长，我才逐渐体会到鲁迅书写"人生得一知己足矣，斯世当以同怀视之"时的心情——更多的不是喜悦，而是苍凉乃至悲凉，但这种苍凉乃至悲凉又已经淡若无痕，如同波澜不兴的无边秋水。

## 15

每次路过采石场，我总要凝视那被剖腹开采的山，情不自禁地想：即使是石山，也一座一座地消失了。后来者，谁能看见这些曾经伫立在地球上的山？

## 16

仙人掌类植物之所以只有肉质茎杆，而无绿叶，据植物学家说是因为生长在极其干旱的环境中，不如此就不能保存体内的水分，不能生存。但它们被作为观赏植物在雨水充沛的南方栽种，也仍然如此，仍然没有一片叶子。它们认为南方的环境也仍然是极其干旱的？

它们对环境的认识与我们人是如此不同！

# 大海陡立

## 1

真正的话是那些从未被说出的话，它只被极少数甚至只被某一个人听见。

## 2

桃树在夜间也仍然开花，但花的颜色变成了黑色。

必须有一束光，穿过黑暗，照在那花上，这才能看清它们仍然是红色，各种各样的红，因此丰富了甚至包括其他色彩在内的这个世界的表象。

然而，光总是有限的，光之外的许多桃花仍然属于夜，不认识自己。

## 3

大海陡立！灯塔不断被浪吞没，陡立的海甚至抓住了飘流的天空……

风创造了海。如果没有风,平静的海不过是放大的池塘。

但海也创造了风,它自己的风。这正是海与池塘的区别。

## 4

春天的夜里,一辆汽车正在上坡——它的引擎的声音突然变大了,而且像喘不过气来那样沉重。

一股柴油的气味,混合在油菜花的芬芳里,飘散过来,是这个时代的气息么?

似乎有点儿像"工农联盟"。

## 5

要告诉一个人他是卑鄙的是件很困难的事,但只要开了口,一切就变得容易了。

不过,表示出蔑视的力量的,可能不是告诉者,而是被告诉者——卑鄙的力量远远强大于高尚。

## 6

异化:我们使用的,将我们变成残疾。

## 7

"我们从哪儿来?"一个毫无实用价值的问题,但它却因此是有意义的。

禅宗和尚回答道:"从来处来。"以不答为回答,显示的是机智，而不是哲学的思考。哲学的思考可以没有答案性结果，但它绝不以不答为回答。

所以，"外交辞令"不是哲学。

## 8

处于两盏路灯之间，你就会有两个影子，而且长短、深浅不同。

哪一个才是真实的，或者说是更接近于真实的？很难判断，尤其是当你不是静止，而是在走动时，两个影子不断变化，最后竟将两个影子的长短和深浅互换，你能说两个都是真实的么？

问题归结到一点：一个人为何竟会有两个影子？

## 9

河流总是弯曲的，在弯曲的河流上航行的人因此享受到许多类似柳暗花明的乐趣，但这与河流为何弯曲无关。

树木也大多是弯曲的，尤其是孤独的树木。那是因为树木感受到了我们人感受不到的空气的重量么？

我想到了一些动物，虎、狗，甚至猫，准备发起攻击或御故时的姿势：弓起了身躯。

弯曲才有力量？

## 10

历史就是不断的开始和结束。

一切已经发生的事，都在行进的路上与它的结果不期而遇。

## 11

雨在室外下着。这又一年秋天的雨，它们从白天一直到达深夜，打湿了敞露的一切。

这是它们的目的？是，又不是，但我并不能准确地猜测，我只确切地知道一点：它们加深了秋天。

每一种行为都可以有多种解释，有时这些解释全都与目的无关，而那种行为可能本来就没有目的。

如同我猜测这雨，倾听这雨声，都并不为了什么。

## 12

道路在前面拐弯，一个人离开道路走进了浅草——很显然，他是要直插过去，走捷径。

如果前面拐弯的道路是拐过一道山崖，或者是拐过一片目光不能穿越的树林呢？那么，这个人绝不会离开道路，因为他不知道道路拐过弯后会通向哪里，也不知道离开道路究竟是走了捷径还是绕了弯路。

所以，一个人如果没有离开规定的道路，并不是因为他循规蹈矩，而是出于利害得失的考虑——这种考虑倒不一定是深思熟虑，在通常的情形下，它不过是当即做出的一个本能的判断罢了。

这儿所说的道路，当然包括那些无形之路。

## 13

　　一个常常让你惦记的人,往往是你已经多年不知消息,而且可能已经注定不会再见的人。

　　说出来有些残酷:之所以如此,其中的一个原因就是多年不见,被思念者永远停留在当时的时光里。

　　当然,并非绝对如此,如果那被思念者能够不被尘俗磨洗。

# 不断飞来的云

## 1

春天到来的时候，雨已经来临，点点滴滴的雨，纷纷扬扬的雨，比空气温度要低的雨，带来了春天。

水往下流，春天往北推进，气温渐渐升高，然后又突然降低、又上升……反反复复的曲线，是春天艰难行进的记录，但没有人担心春天会后退，千百年的经验已经使一代又一代的人们坚信：春天只要来了，它就必将把万物引进姹紫嫣红，鸟语花香……

雨声中适合做梦，做一个清醒的梦吧，梦见那些已经成为现实和将要成为现实的东西，并且梦见那些不可能的东西——不可能的东西在成为现实之前，必须被梦见，梦见，是它们将加入我们的生活的必要前奏……

## 2

现在是晴天。

刚刚下过的雨，仍然在地面奔流，但是快了，很快它们就会消失在河流、池塘和泥土之中，然后，你就会看见，袅袅的地气从潮湿的泥土中冒出，就像人们见惯的袅袅炊烟——难道泥土中也有一种生命,在升起他们的炊烟?

或者,这不是他们的炊烟,而是他们呼吸时吐出的生命之气。

他们——是的,是"他们",而不是"它们",作为植根于泥土的另一种生命,是我们人类不可缺少的邻居,我们的心情,我们的生命,都依赖于他们而得到保证……

## 3

荠菜开花了,碎碎小小的花,甚至颜色也选择了最朴素的一种——白色,开在溪边地头,开在屋侧门前,你必须低下头去,才能看见它们。

低下头去才能看见它们的姿势,是一种意味深长的要求:人,你们应该向即使是荠菜花这样微小的事物致敬!

我早就学会了向它们致敬,从童年开始,每到春天,我就经常到田野上去寻找荠菜;到了它们应该开花的时节,我习惯于低头寻找它们洁白的微笑……

荠菜开花的时候,油菜花正创造出漫山遍野的金色海洋。星星点点的荠菜花,完全被金色海洋遮掩,你必须低下头去,才能发现紧贴地面的荠菜花,才能发现,如此微小并且稀少的荠菜花,竟然没有被浩浩荡荡的油菜花的炙人气焰压倒!

我的诗句:这个世界/的确存在一些/你一见就得低下头去的事物……

## 4

云不断地飞来,因为这儿是山,并且是高山,远远高于大海。

然而在海上,我也看见云不断地飞来——那是因为辽阔的海面，使云没有比海上更好的去处可飞？

但这完全可能仅仅是我在胡思乱想，而云，不过是该往哪儿飞就往哪儿飞罢了。

## 5

我怀念一棵消失的树。

它活着时，我几乎没怎么注意过它。

它是我读小学时在上学路上捡来的一棵没人要的小树苗——那是一条大路，人来人往，它被我拾到时，已经是夕阳西下时分，它仅有的三片叶子已经被晒得卷起来了。

后来，它在我家门前扎下了根，长成了一棵大树，在我离开家的那些年里，它仍然一直生长。每次我回家，第一眼看见的总是它，但那只是一种无意识的看见，很快我就把它忘了。

终于有一次它引起了我的注意，因为我看到家里的房子时，感觉有些怪怪的，仔细看看，才发觉是因为没有了挺立的它——它已经被买下它的人伐走了。

树长到一定时候，被伐是不能避免的事。我明白这个简单的道理，但我却从那以后，总是有意无意地就想起了它。事情就这么怪，它活着时我不把它当回事，它消失了却引起了我注意和思念，尤其是在春天。

许多事情都是这样的么？

## 6

夜晚来临后，树林里比夜更黑。

这不是树林自己的意思。

有许多事情都不是自己可以决定的，在自然界也同样如此，所以，我们常常说"存在"，其实说错了，我们和万物都是被存在。

因为被存在，顺应自然所以是重要的。

而在人类社会，不是自己可以决定以及选择的事情，在特殊情形下，因为觉得应该而可以在付出代价时予以拒绝，如陶渊明拒绝五斗米，如牺牲生命以成仁者。常人做不到这一点，所以，即使是没有付出生命，而仅仅只是牺牲了五斗米，和与这五斗米联系在一起的小小官位的陶渊明，也被千载传颂——这好像也是人类的可爱处之一：自己做不到，但并不妒恨，而且从心底敬佩。反过来说，若是有谁对类似这样的人和事恨重仇深，那就可以判断，这肯定是个小人。

## 7

读过一些书的都希望自己有气质。

气质从哪儿来？"腹有诗书气自华"，读书确实是重要的途径。但我们在生活中也常常见到这样的人：不仅应该说他读了相当多的书，而且文章也写得确实可称锦绣，可就是怎么看都没气质可言。有的，甚至还显猥琐之气。为何如此？因为他仅仅读了书，明白纸上的道理，却没有明白做人的道理。修养，绝不仅仅是文学知识，它还包括思想，胸怀，等等。孟子说：吾善养吾浩然之气。重要的就是这"浩然之气"。没有文学知识的修养，固然不能养成浩然之气，但有了文学知识的修养，也不等于就必定能有或者能养成浩然之气，比如说，眸子不正（心术不正）者纵然读书五车，也无望拥有浩然之气。

需要与气质区别开来的是教养——所谓上流社会中人的举止行为是也。那是着重于形体的教与训练，它的同义词是优雅。

## 8

有时我无话可说。

无话可说的时候,我让风代替我言说。

连风也没有的时候,我便彻底地沉默。

## 9

正午的阳光肆意倾泻,风软弱无力,庄稼,野草,都在酷热中煎熬。地面蒸发的只有热量,没有水汽——多少天没有下雨了?沟渠敞露着干裂的泥土,像被晒死的有着巨大鳞片的怪物。

这是夏天,阴历七月。

村庄在不远处,忽隐忽现不停变化的淡淡青烟笼罩着它——那是炎热季节常常可以见到的烟岚,好像是空气被烤焦了,冒出的青烟。

蝉仍然在叫着,它们吸食着树木的汁液,可怜的树,在酷热中没有一点水分补充,还要被蝉吸走血液!

但树和庄稼包括野草都仍在顽强地生长。当它们还是生命的时候,没有什么能使它们停止生长。生长,是它们的使命,即使是结出不为人承认的果实的野草,也坚定不移地履行着自己神圣的使命,生长,一刻不停地生长,永不犹豫,永不回头。

因此我热爱这世界,热爱这些有生命之物,甚至热爱这令万物喘不过气来的炎热的夏天,因为正是这样残酷的生存环境,充分显示出生命的不可屈服的意志,让我听到生命在最艰难时仍然继续吟唱!

## 10

风创造了云飞速急驰的天空。

那些云要到哪里去？云没有故乡，正如风没有故乡。在这个世界上，它们都只有出生地，一个它们自己不能选择的地方。

我对风和云表示同情。是的，是同情而不是怜悯。

同情和怜悯之间有着比我与云或者与风更大的区别，以及更加遥远的距离。

除了同情，我什么也不能做，因此我坐了下来，在辽阔世界的一个小小的点上，听风呼呼吹过，感觉到万物都如此地渺小，却极其从容地吞吐自信的呼吸。

## 11

一个夜晚像它自身那样黑，因为它不需要看见处于它之中的那些东西。

需要照明的是人，永远是人，星星点点的灯火因此络绎亮起，有限的光，无限的夜，在眼睛中形成一种意味深长的对比——眼睛总是因为对比才能看见，即使在白昼，如果天空中没有一丝云彩，也就是说天空中什么也没有，无从构成任何对比，你看见的就总是一片虚无，没有尽头，不会停止。

而在夜间刹那照亮一切的闪电，是谁的灯盏？又是谁不肯现身地带来闪电，并且将人类将万物和整个世界一齐观看？这是个谜。我不能猜出，因为它没有谜底。

一个又一个夜晚都像它自身那样黑，月亮和星星也不能改变这黑之万一，因此，总是需要灯，需要把灯点到最黑的地方去——但我却有在没有灯的黑夜中静坐的习惯。

在没有灯的黑夜中静坐，我的内心仍然一片明亮。

## 12

叶匡政有一句诗，大意是：一个人一生要毁掉多少东西！当然，很容易就能反驳他：为什么没看到一个人一生可能也创造了多少东西？

不过，这样的反驳似乎有理而其实无理，叶匡政并没有否认"创造"，或者说叶匡政所着眼的并不是有没有创造，这样的反驳实质上是偷换了论题，不能构成反驳。而且，退一步说，一个人一生虽然可能确实创造了什么，但这创造归创造，不能"功过相抵"，对他毁掉的就视而不见了。

当然，一个认识到一生要毁掉许多东西的人，仍然要毁掉许多东西，因为认识到而减少或避免毁灭的东西仍然十分有限——他要活下去，就不得不继续毁掉许多东西：衣食住行，都是对某些东西的毁灭。但是，一个认识到这一点的人，和一个没有认识到这一点的人，是两种人，截然不同的两种人。

很多时候，将人与人区别开来的，不是行为，而是认识。

思想因此是重要的。

## 13

我读过一篇短文，说的是一个小女孩模仿她的父亲钓鱼，但她是在她家的阳台上，竹竿尽头的线上没有钩，没有鱼饵，扎着的是一朵鲜花。小女孩耐心地"垂钓"着，终于惊喜地叫了起来：她"钓"到了一只美丽的蝴蝶！

这的确是什么也不懂的幼儿才异想天开地做得出的事情。但这事做得令人——比如说令像我这样的人惊叹不已。由此我感到我真的老了，我已经老得只能读这小女孩做出（是做出而不是写出）的童话。不过我也许还有被拯救的希望，因为我还能被这孩子这件事感动，并且惊叹。

"的确什么也不懂"的孩子有时是伟大的——有一种伟大的名字叫"纯洁"。

## 14

秋天已经变成了冬天，但我的心情还停留在秋意里。这并不是因为我特别喜爱秋天，而只是出于在秋天里生活了那么多日子，从而养成的习惯———如秋天到来时我仍然觉得还是夏季一样。

习惯的力量是多么强大！它以它的惯性拉住并且推动你继续在它的轨道上运行，让你在无意识中否认眼前的真实。

对抗习惯的惯性的是理性，可以断言，一个总是成为它的俘虏的人，肯定是缺乏足够的理性的。

## 15

人依靠不能免俗活着。一个完全绝俗的人，他可能是崇高的，但他必定与不幸为伍。

所以，一个在生活中越是左右逢源、得心应手，活得极其滋润的人，肯定是一个深得俗之要领的人，虽然并不能反过来推论说一个深得俗之要领，或满身俗气的人，肯定会在生活中左右逢源、得心应手，活得滋润。

所以，人所尊敬的总是那绝大多数人难以做到，或不愿、不敢去追求的，比如说崇高。

## 16

人为什么活着？人活着的意义是什么、又在哪里？这是一个不断得到解答，又一直没有得到解答的问题。

不思考这个问题的人是幸福的，但也是不幸的。

## 17

现代科学证明，所谓爱情不过是大脑某部位分泌的一种物质制造的感觉，而这种物质被分泌的时间不会长，它逐渐减少的过程就是爱衰减的过程。

这样的现代科学是无情的。我不喜欢它。

爱情或许真的与大脑某部位分泌的一种物质有关，但它与科学无关。科学研究物质，它能研究非物质而是感情的爱情么？

企图断定一切的东西总是可怕的。

## 18

幸福只是一种感觉。

所以，世上有多种幸福，它们甚至是性质相反的。

# 天高月小

### 1

一个善于忘却的人，才有可能记住他应该记住的东西。

一个只长于记忆的人，会记住多少毫无意义的东西！

### 2

"诗言志。"这句话据说不适合于现在的新诗，但我以为它仍然是对的——从一个人所写的新诗，即使它是现代派的、后现代的，也仍然可以看出这个人的志是什么。

即使那诗言之无物，也仍可以看出——那人的志就是言之无物，除了自己的"言"，对什么都漠不关心。

### 3

"笼鸡有食汤锅近，野鹤无粮天地宽"。人之不自由都是因为食。借用刘恒一篇小说的题目：狗日的粮食！

## 4

孔子说:"君子不党。"即不拉帮结派。孔子那时有多少君子不得而知,至于现在,已是"关系社会",这样的君子鲜矣。

人是社会关系的总和。社会关系稍进一点,就是拉帮结派,同而不党的君子自然就少了。

从某种意义上说,君子就是那令人尊敬但孤立的人——褒义词则是"特立独行"。

## 5

什么是"流行文化"?就是那流行的没有文化但属于文化外延之内喧嚣一时的东西。

它是现代社会的一种标志,也是现代社会的一种典型病症。

它在将社会引向轻薄、肤浅、浮躁的同时,又具有它的积极作用:它是现代社会中人的精神过于紧张而需要发泄的产物,因此,它正是以它的轻薄、肤浅使它的欣赏者、加入者得到发泄和放松。而这种得到发泄和放松,无异于饮鸩止渴——另一个典型的例子,是同样作为现代社会的一种标志、一种典型病症的吸毒。

我这样说肯定会使流行文化的爱好者和从业者愤怒,我在这儿表示抱歉,但我仍要指出,事实就是如此,它的本质就是如此。

## 6

睡意蒙眬时如果行走在夜晚的室外,看到的将是又一个世界,一切都失去了重量,变得轻盈但虚无缥缈,一盏灯会晃动起来，变成若干盏灯，而灯光会柔和地奔跑着，投入远处等待着的黑暗的怀抱，但你看不清它们是什么时候、在什么地方拥抱在一起，互相消失了界线。

这是一个不清醒的世界，源于观看者的不清醒，但它又是多么温情脉脉，多么适合于不能飞翔的人飞翔啊！

它有别于白日清醒得连飞舞的灰尘都一粒一粒相互分开的世界，也有别于完全睡着时的梦——前者理性得太沉重，后者又非理性轻得过于虚幻，只有它才是比较合适的：脚下始终有大地，头顶上始终是天空，而且你一直在行走，在不可承受的轻与重之间，在真实与虚幻之间，一步一步地行走着，朦朦胧胧地知道目的地，知道方向……

这如同一个昭示于你的象征。

## 7

一地黄叶被早起的曙光淡淡地照耀着，冷如黄菊。

一些地方停留着霜。

这是深秋的一个早晨，开门的声音络绎在四周响起，田野上有淡淡的雾气盘旋。

我惊异于这日常的美，但它传递过来的却是一种淡淡的惆怅，久久地抓住了我。

## 8

秋天在我的感觉中总是在旋转，旋转产生的巨大离心力，不停地将万物向外抛出，万物因此一直处于被抛起的过程中，树叶因此飘零，花朵因此谢去，云彩因此衰老，大地，因此空空荡荡，风，因此昼夜回旋、呼号……

这是不真实的。但它却是更高的真实。更高的真实往往拒绝常识意义上的真实。

## 9

天高月小，但月光无处不在。

白天时，月光也仍在照耀，这如同阳光隐藏在倾泻的雨里，与雨一起带着整个天空倾盆而下，但看见的只是闪闪发亮的雨，没有阳光，尽管那雨是因为阳光才如此发亮。

这是那些相互矛盾甚至对立之物和平共处的方式，有时它们甚至会因此非常和谐。

人很难做到这一点，尽管明白这道理的是人，而不是月光、阳光和雨。

看来，有时明白不明白某个道理并非绝对重要，重要的是知道并且能够去做。做了，那道理也就在其中了。

## 10

秋天到来得毫无迹象，但今天立秋。

刚刚开始的东西都是这样，仅仅可以被感觉，而不能看见。我现在看见的是一辆黑色的小汽车，它正在爬坡，它的周围都是绿色，间或有芝麻花的白色，和不知道是什么花的红色。它不知道，它已经开进了秋天，只有它周围的这些颜色仍然停留在夏天。

阳光开始发红，好像阳光已经知道了秘密，但它仍然允许所有的植物都生存在仍然是夏天的梦里，然后自己醒来。

## 11

没有人注意到，小区里冬天时增加了一只狗。是一只土狗。很可能，它自己也不知道它是从哪里来的。

我注意到并判断出它是一个流浪者，是在春天，它已经生下了四只小狗，四只肥嘟嘟的小狗住在一栋楼房贴地的通风洞里。

然后就是夏天了，一天我惊讶地发现，四只小狗已经长得和它们的母亲一样高了。这速度，大大超过了人类的婴儿。

再接着，就是几乎每天深夜两三点时，它们开始猛烈狂吠，一直能叫到早上四五点钟，吵得人不能睡觉。但毫无办法，如果有个主人，可以去找它们的主人，但它们没有主人。保安则说管不了，流浪的狗，即使把它们赶走，一会儿也就回来了。

它们为什么要在深夜这样狂叫呢？终于发现，是因为有人在那时到小区的垃圾箱里翻找可以拾走的东西。把小区里所有的垃圾箱都翻找一遍，得花两三个小时。之所以要在深夜来拾垃圾，是因为白天保安不许拾垃圾。

这几只流浪的狗，是出于守土有责，在履行它们自以为的职责而狂叫几小时。

而那个拾垃圾的老人，肯定是她必须靠拾垃圾为生。

这事，就只能这样了，任凭狗们一夜夜叫下去。

许多事情，不是不能处理，而是不能去处理。

## 12

痛苦总是黑暗的，即使那痛苦者置身在明亮的光线里。

最深的痛苦缄默，因为它太沉重了，承受它的人在挣扎中不能发出声音。

但是记住：痛苦会自己走远的，它不会只和某一个人住在一起。

## 13

"好奇号"登陆了火星。

据说火星非常恶劣，不仅是不毛之地，而且它一刻不停地扔沙子扔石头。能在火星上成功着陆的概率不高。

那么，"好奇号"负载和完成的真的是好奇？也许是的。我想不出还有其他能够成立的什么目的——了解火星虽然是言之凿凿的目的，但宇宙中的星球多如恒河沙数，了解一个有什么意义？即使在火星上发现了金矿，也等于没发现，因为太遥远了，根本无法开采。

言之凿凿的目的有时只是一个说法。

# 日常生活

## 1

　　立秋，台风带来了暴雨，落在地上的不仅是叶子，还有秋天。

　　同时还有玻璃、衣物，甚至有一台太阳能热水器从楼顶砸下来，就在我的面前。

　　这些飘落或跌落的东西不是结果，也不是原因，它们仅仅是生活的一部分，并且在此时离开了生活。

　　想起史蒂文斯的诗句："苍蝇和蜜蜂仍然在寻找菊花的清香。"我生活的这地方今年的菊花还没有开。不过，菊花的清香应该已经有了，就在这场台风与暴雨之中。

## 2

　　夜首先在森林里出现，而群山之上晚霞仍在燃烧，还没有变成余烬。

　　这重复的情景一再在这儿出现，但我是第一次看到。以前，我对这儿，还有许许多多还没有变成"这儿"仍然是"那儿"的夜和晚霞，都一无所知。

## 3

"天气就像一杯茶那样凉了/但我喜欢喝凉茶。"我这诗句也像一杯茶那样凉,并且像秋天一样从容。

这是绿茶还是红茶?绿意仍然笼罩大地,并且有新叶正在萌出。但我感觉初秋正午的阳光是红色的,腾腾的热量正被阳光送来,犹如夏天。

在笼罩的绿意和红色的阳光中,我被晒黑的脸和双脚颜色仍在加深。但我知道,到了冬天,我的脸和脚都会变白。那时,天气更凉,像一杯冰茶。

所有的茶,都是由时间和水泡成。

## 4

经过夏天的高温,没有放进冰箱的茶叶都变黄了。这是我早已知道会发生的事情。但我现在才想起,那些绿色哪儿去了?

这是个傻问题。但我仍然要问:那些绿色哪儿去了?

## 5

夜晚,我喝着茶,倾听群山的沉默。并且看见群山的沉默在夜色中向我走来,笼罩我,让我也一同沉默。

群山仍在远处,它们只生长茶树,不喝茶。

我喜欢喝浓茶,喜欢浓茶的苦味——苦,才是茶叶的本味。

茶的苦,是来自群山吗?群山的沉默也是苦的。

所有的沉默可能都是苦的。

## 6

　　我的一句诗:"且从流水认江南。"但如果是深秋的流水呢?

　　甚至还有哪儿都不去的水,例如我正看着的一个池塘。它的水已经不够多,所以池塘堤坝上的小闸关得严严实实。哪儿也不去的水,异常安静,不流,不起波澜。即使刮很大的风,它也仅仅被吹起细碎的涟漪。

　　但是,它照出的也仍然是江南的容貌:林木覆盖的山,饱含雨意的云朵……它自己也就是江南——不够多的水,也仍然能保持到冬天。

　　只有到了冬天,江南与非江南才没有区别,流水也会结冰,但仍然要除掉气温,江南冬天的气温仍然不够低,无法变成塞北。

## 7

　　灯光在夜里引导着行走的人。

　　但也有人虽然看见灯光却并不朝灯光走去,而是走进越来越深的黑暗,仿佛那黑暗如同灯光引导着他。

　　也许,黑暗的确如同灯光,或者黑暗里有着灯光,只是能够看见的人很少而已。

## 8

　　我常常熄灯而坐。在黑暗中逐渐看见事物,看见外在的和内在于我的黑暗,看出它们的同与不同……

　　自省也应该是黑暗中进行的,就像禅悟,适宜在黑暗中获得。

阳光，灯光，是在无所谓时出现的。或者，必须等到命运决定让某人看到它们。

## 9

有一种熄灯不是人自己能决定的，这就是突然停电。

没有电的时代，没有人会因为没有电而不安。现在不一样了，半个印度的大停电，不仅让半个印度瘫痪，甚至还让印度政府因担心局势失控而紧张。

有和没有是不一样的，有过和从未有过也是不一样的。

这好像是废话。但它是与真正的废话有区别的废话。

## 10

燃烧的蜡烛总是楚楚可怜。

颤动的不是蜡烛的光，而是它的生命——光，从它致命的伤口发出，笼罩着周围的人和事物，并将它们的影子放大，投射到墙上，从墙上不断跌落下来。

这情景有强烈的象征意味，但这象征意味通常都被日常生活吞没了，不被其中的人觉察。

我也常常是这样：仅仅看见蜡烛和烛光，当然，如果是冬夜，我又和燃烧的蜡烛靠得够近，我有时还会感受到随着蜡烛和烛光的缩小，那本就很微弱的温暖也在逐渐减少……

## 11

一盏电灯与一盏用灯心草点燃的油灯相比，电灯是多么大的浪费!

　　我儿时常常去街上买灯芯草。它柔软洁白,仅圆珠笔芯那么粗。我一直不知道它是什么草。《开宝本草》:"灯心草,生江南泽地。丛生,茎圆细而长直,人将为席。"《本草衍义》:"灯心草,陕西亦有。蒸熟,干则拆取中心穰燃灯者,是谓之熟草。又有不蒸,但生干剥取者为生草。入药宜用生草。"《品汇精要》:"灯心草,莳田泽中,圆细而长直,有干无叶。南人夏秋间采之,剥皮以为蓑衣。其心能燃灯,故名灯心草。由其性味淡渗,故有利水之功。而《本经》乃言为席,非也。其席草亦产江南,形比灯心草细而短,自是一种,实非此类也。"《纲目》:"灯心草即龙须之类。但龙须紧小而瓤实,此草稍粗而瓤虚白。吴人栽莳之,取瓤为灯炷,以草织席及蓑,他处野生者不多。"原来我买回点灯用的是灯芯草的瓤。其缓慢吸油而燃并且十分经燃,颇可让人诧异。

　　早就没人点用灯芯草的灯盏了,自然,也早就没有卖灯芯草的了。现代的电灯,不需要也没有心,但它更加明亮,并且能够明亮到让人目盲。

## 12

　　灯光与黑暗对抗又和解。

　　灯光照耀的范围内,很容易就能看到这种对抗,而要看到它们是怎样和解,则要向远处或者向天空中看——在足够的远处或者高处。它们逐渐融合,并且渐渐过渡为夜色。

　　当然,这也可以理解成在近处黑暗不能对抗灯光,而在足够的远处或者高处,灯光的有限又使得它无法对抗无限的夜色。

　　如何理解,取决于那个既在灯光之中又能在灯光之外观看的人。

## 13

又一次黄昏。这黄昏是大家的,也只是我的:

我凝视着,看它缓慢地变化出绚烂的晚霞,晚霞的中心,是又一轮落日,而这落日渐渐边缘模糊,乃至整个落日都渐渐消失在霞光之中——落日熔金。古人的感觉被我再次重复。

远山和晚霞都在水的遥远的那边。水里也是天空和此刻天空中的晚霞。——到处都是天空!真实的天空和虚假的天空混淆在一起,如果仅仅是作为观看的对象物,它们还有真假之分吗?没有。真假在某种条件和目的时,的确是相对的。

霞光在逐渐暗淡,虽然仍然明亮。光的后面是黑暗,是又一个夜。

如果这不是晚霞的光,而是别的光,我仍然可以说:光的后面是黑暗,是又一个夜。

我想起夜里我的经验:最黑的黑暗中,当眼睛逐渐适应,也仍然可以看到事物的轮廓。因此也可以说:最黑的黑暗中,也仍然存在着光。

这个黄昏因此是我的。其他人有其他人看到的黄昏。如此类推,我有我自己的黎明与白昼,因此,我经历的日夜注定是我一个人的。

## 14

阳光灿烂后的夜晚,月光肯定很好。

月光喜人也恼人,但喜或者恼,都不关月光事。

忽然忆起唐人李廓《忆钱塘》中的诗句:一千里色中秋月,十万军声半夜潮。

想起有人把对仗不工整也当作不可饶恕的错误的事——这联的对仗也不工整呢。

阳光和月光的对仗也不工整。

世界就是这样。各种事物都对仗工整了就让人难以忍受了。有些变化很好。我开始静静地看像阳光一样出现的今夜的月光。

## 第四辑
## 秘 密

夜之歌
那未完成的……
　　　　　风
纸　上
…………

# 夜之歌

## 1

当我眺望远处的灯火,我并没有忘记脚下的夜色。

但当我眺望星空,我往往忘记了夜。

这里面隐藏着什么?是天上人间的区别吗?

## 2

钟声在水面上回荡,涟漪颤动,同时涌向四面八方……

夜色升起,夜色中的整个世界也在升起,在并非黑色的朦胧中接近朦胧的天空,上下都是星光。

已经消失的钟声仍在水面上回荡——不眠的水鸟在时间里游动,然后飞起,翅翼拍打着吸收了时间的水,发出的声音就像一阵被搅乱了的钟声,在水鸟已经隐入空中的夜色之后,它仍被留在水上,渐渐与波浪的声音融汇为一体。

所有的声音都是钟声,它们如果不能如金石一样金声玉振,便会像玻璃一样脆裂……

这个夜晚,我看见整个世界都洒满了亮晶晶的钟声的碎片。

## 3

有月光的夜晚不是夜晚,它是一个穿行于月光的深深的梦,万物都借助月光互相看见变化了的对方,由此知道自己也已经变化,并且不能闭上眼睛。

看看这个有月光的夜,看看月光中的世界吧,一切未诞生的都会在这梦的宁静里诞生,一切已诞生的都会再次诞生到这个世界上。

景色,处于可见与不可见之间,但一切都属于心灵,属于感觉的内部,没有什么留在外面。

## 4

夜打开了思念的门,我听见它轻微的脚步向我走来,我不能抗拒。

"我是你的幻觉,倾听/又像花一样,你在歌唱我"——加拿大诗人玛格丽特·阿特伍德写下这句子,我又再次将它写在我心中。

那无法写出的永远无人能够书写。

一瞬间,整个世界和我都由思念构成,并令人难以相信地被思念照亮,获得了光。

## 5

灯光突然熄灭,早就等待在那儿的黑暗顿时淹没了一切。眼睛渐渐适应了黑暗之后,才看见了黑暗中的物体——这些物是否也如我一样,有一个适应突然降临的黑暗的过程?

我想起矿井事故中，在井下的黑暗中度过多日才被救出的矿工，在抬他们到地面前，必须用布蒙上他们的眼，因为突然看见的光会伤害他们的眼睛。

光与黑暗，这两种靠眼睛看见的截然相反的东西，在它们突然到来时，眼睛的反应竟如此相似！

世界上还有什么截然相反之物？

## 6

黑暗中有雨水在冲刷，潮湿的水汽，不经允许便进入我的盥洗室——它对镜子感兴趣？镜面一片模糊，那就是它的形象。

它把我挤开，它要独占这面镜子。

它同时抚摸玻璃的灯泡，玩弄灯光变成雾的魔术。

我因此看不见自己，并且站在弥漫的灯光的雾中，忘记了自己为何来到盥洗室——阴雨的天气，世界已全是泥泞，人如何才能把自己变得干而且净？

潮湿的水汽仍在肆无忌惮地从敞开的窗口涌进来，我不打算去关上窗子——弥漫的雾气就任它弥漫吧，它可能在瞬间改变世界，却并不能有片刻改变我。

## 7

风游荡过大地，更多的风继续呼啸而来，继续游荡。

风如入无人之境，也如入无物之境，它从万物身上拂过，并没有感受到什么，夜色也许与它相似，笼罩大地而不知道自己笼罩着什么。

秋天与它们相似吗？落叶萧萧，星光寒冷地浮动，寂静没有缘故地来临，却像一种美好的东西轻柔地盈溢，让最后的足音消失。

在对这一切的感觉之外我有另一种感觉——我仿佛置身在另一种时间与地点,回到了那混沌初开的从前。

## 8

在任何地方你都可以看见大海,只要你能够看见。

每个人都有任意看见大海的权利,这权利被夜赋予,那黑色的大海以光为岸,以夜色,但也可以以你的目光或心灵为波浪,平静或汹涌,时远时近。

这样的大海是心灵的一部分,是平淡无味的生活或生命的盐。

## 那未完成的……

傍晚的进程被一场突然到来的雨加快了速度,天突然黑了,那未完成的时间,就这样被省略?

历史中也有这样的现象,但那到底应被称作"进步"或者"跳跃式发展",还是别的什么?

现在,我坐在这个有雨的夜之中,猜想那些一再被省略的未完成的时间,在其被省略之后,都一一重新得到完成,仅仅是我们不能觉察而已。

必然是这样。只能是这样。时间因此连绵如流水,从未中断。

凝视窗外,夜色尽管迷茫,但仍能看见从空中不断到达这个世界的雨——雨是水的一种形式,一滴,又一滴……

上一滴雨与下一滴雨之间,被省略了什么?

我放弃了对许多事物的理解,包括我身边的许多东西——我仅仅从日常生活赋予它们的功能来看待它们。

事物无穷,其中绝大多数并不成为我的对象,而只是在其出现时,允许我在其侧。

我不能不这样做。

每个人都不得不这样做。

"放弃你必须放弃的,坚持你必须坚持的。"放弃对许多事物的理解也是如此。但这是一种特殊的放弃,它有理由要求得到弥补:从一种事物见出千万种事物,甚至见出那尚未存在的,如同看见自己在尚未长出但已碧绿一片的草地上起身……

而现在,窗外和窗内都仍然是此刻的夜,雨在窗外下着,雨声还没有到变化的时刻。

# 风

　　风总在吹。风没有春夏秋冬。

　　季节是植物和动物的，现在是秋季，田野逐渐空荡，到处闲逛的只有风。

　　新的种子已经进入泥土。那是一些特殊的植物，它们在秋季发芽，在冬天度过童年。

　　人与它相比应该惭愧。

　　这世界上的确存在着一些我们不得不一见到就生敬意的东西——如果没有敬意，错的就不是那个东西而是那个人。

　　现在，我一个人走在旷野里，有时我站住，站在自己的影子上——这当然是正午时分。正午与秋天有什么关系？没有，一点都没有。早晨、正午和黄昏以及夜，都只与人有关系。秋天不理睬这些，甚至，一个秋天总是与已经有过的秋天极其相似，但上一阵风与下一阵风却很难比较，尽管它们都吹在同一个季节里……

　　笔直的大路沿途撒下的小径，都弯弯曲曲。这中间发生了什么样的变化？无人知晓，走在这大路和小径上的人，也只是走，仿佛笔直和弯曲都是一种必需的规则。

　　可能是这样吧。我看到，只有这不停吹拂的风，才无视既存的道路，浩浩推进——这或许就是上一阵风与下一阵风的相似之处？

# 纸　上

在纸上停留的东西很多。

装订成书,那些东西会停留更长的时间,甚至可以说悠久。

某些夜晚的灯光下,我有选择地断断续续地看一些停留在纸上的这样的东西,它们被称为"文字",连缀起来,便是句子、文章。但我听见它们在说话,并且听见那变化多端的语气,越过百年、千年而来,而最后总是一声长叹。

我理解为何最后总是一声长叹,但我不明白为什么最后都是一声长叹——所有的时代都是同一个时代?所有的人都是同一个人?

灭灯后,我常常不能很快入睡,在只能隐约看见事物轮廓的黑暗里,愚笨的我有时也会若有所悟。

花园。一个我从纸上读来的词,它的花只在纸上盛开,有色有香但又抽象的花,一丛丛一簇簇,但没有名字,它们仅仅只是花,没有分类,没有品种,也不知道季节地从纸上开进我的想象。

之所以如此,原因只有一个:我从来没有在现实的任何地点看见过花园,更别说走进去了。

公园里有花，但那是公园而不是花园；园艺场里当然更是有许多种花，但也同样，那是园艺场。

我见过不少"××花园"，如果走进去，里面生长的并不是花草，而只是楼房。它只能让人感叹：现实中的花园已经越来越只是书写的两个字了。

那么，花园在空中么？我抬头看了看天空，那儿什么也没有，甚至连写下"花园"这两个字都不可能——谁能在空中写字，并让人阅读？

花园，已经越来越成为一个隐喻。

写作究竟是为了什么？我对这个问题感到敬畏。

所有的意义都是我们事先安放在那儿的。所以，我们实际上从未能回答问题。

不过，这并不妨碍我按照我所设想的那样写作。

许多纸都被浪费了。

这是必要的。同样的一些字，在不同的人那儿有不同的组合，在同一个人那儿也会因不同的时辰，而组合得并不相同。

从许多纸都被浪费了这个角度看，不用纸的"网络文学"既满足了浪费，又实在是一种节约。

仅仅只停留在纸上的东西注定是不会长久的。

那些东西必须有灵魂，它们才能活起来，寻找到能让它们飞翔、叫喊和栖息的另一种灵魂，另一种心灵的空间，在那儿永生。

当我写作，我总是忘记了我在写作，也忘记了自己，甚至忘记了文字——存在的只是话语，是说话的声音以及它们传达的意义，那意义模糊而又清晰，明确但又弥漫，确定的仅仅只是一点：它们所指向的一个始终不变的方向。

我曾经花费了许多年才明白了自己所要走向的这个方向。在那之前，我写作时总是以为自己在写作——那是多么可笑啊。

# 菊花和石头

没有人关心石头在夜晚的凉意。我也一样。

这个世界，要关心的事物太多，尤其是在这深秋，接近冬天的时候。包括那些开了很久的菊花，它们的金色，并不是真正的可以温暖自己的阳光。

但菊花可能和石头一样并不畏惧寒冷。我见过在腊月也照样开花的菊花，它的每一个花朵，都不曾有一丝颤抖。

石头没有生命，对于炎热或者寒冷，它无所谓畏惧不畏惧。

不过，那些在千万年时光中风化的石头，我想，使它们风化的，肯定不是炎热，而是寒冷。寒冷，威力远远超过炎热，它能年复一年地"冻"住石头，从而使石头也无法对抗，变酥，从表面开始，变成齑粉。

看起来柔弱的菊花，于是就比石头更加坚硬——菊花从不知道什么叫风化。

菊花为什么这样坚硬？与石头相比，似乎只是因为菊花有生命。

是的，生命令那生物体坚强。

因此，我的阳台上有菊花，没有石头。

# 长江的波光

暮色来临，长江堤岸，尤其是长有杨树处，已经进入夜晚，模糊得不能看清，江中的波光却明亮起来了——是暮色和堤岸，用逐渐黑暗下去的方法，让我看见了长江波涛的光。它跳跃着，满江涌动，似乎坚持拒绝夜的来临。

更明亮的是身后城市好像突然亮起来的灯光。这些灯光投射到江里，被波浪晃动，从而和波光混杂到一起，没有经验的人，就会以为他看到的全是灯光了。

长江需要这些灯光吗？不需要。完全不需要。需要灯光的只是人。

我从来没有想过这个问题：长江，它需要什么？

所有的人可能都没有想过这个问题。

江里的水位很低。连续多年了，都是这样地异于历史水平。

长江需要历史吗？也不需要。历史对它毫无用处。长江需要水，只需要水。源源不断的活水。

森林消失后森林里的黑暗也消失了，长江的波浪如果彻底消失了，和波浪一起消失的是什么？

暮色现在已变成夜色。波光似乎更明亮了——它们好像在更加努力地跳跃，努力以此将自己和城市投射过来的灯光分开。

我没有能够看到迟归的鸥鸟掠过波光。

## 闹市中的野草

偶然乘公共汽车,经过许久没去的闹市区,因为公交车后座比较高,让坐在后座上的我惊讶地看到,街边一个工地的围墙里面,全长满了野草,茂密繁盛,人若走进去,草可没腰甚至齐胸。这样成片生长的野草,有着一种不把任何人或事物放在眼里,张扬却荒凉的气焰。

虽然正是高温的7月下旬,但可能因为阳光太强烈而又无雨,茂盛的野草的绿中夹杂着黄色,我感到有秋意在那草上荡漾,并向我袭来。

闹市区成片的野草!不过一个春天,它们就蓬蓬勃勃地生长起来了,在已经五六百年甚至更长时间中都是房屋街道的这块土地上。

它们,即这些野草的种子是从哪儿来的?周围绵延许多里都是密布的楼房、纵横的街道,地面都是水泥混凝土的。

我百思不得其解——这儿的房屋是去年冬天拆除的,即使风能吹来某些野草的种子,但冬天和随后的春天中,没有可以随风传播种子的野草啊。

这是一个秘密。闹市中的秘密。

我只知道,最繁华的闹市中,原来一直隐藏着许多秘不可见的野草的种子,就像这片野草展示给我的,最炎热的夏季中也有着秋天。

# 早　晨

　　早晨有露水从草叶树叶上滴落，没有声音——露珠滴落的轻微声响被到来的白昼掩盖了。必须在夜里，才有可能听到，包括梦的涟漪荡漾的声音。

　　早晨的草叶树叶颜色暗绿，深于后来。这是因为早晨的光线不够明亮吗？好像是的，此外我找不到答案。

　　有一只鸟有一声无一声地叫着。它忘记了时间。鸟都是在黎明时啼鸣的，那时分简直是鸟类的大合唱。待到天完全亮了，它们不叫了，因为它们得从巢中出发，飞行相当的路程去寻找自己的早餐。这只仍在啼叫的鸟是在途中迷路了？不清楚，也无法问它，只好随它去了。

　　我有时也迷路，因为这世界上的路人多了。幸运的是我很快就能发现自己错了，并且很正确地改了过来。

　　永远不迷路的是时间，早晨到了，接着而来的必然是上午、中午，然后必定是黄昏——黄昏时分与早晨极其相似，不同的仅仅是夜的位置：在前与在后。

　　这一点非常重要。

　　而我，总是不前不后，与时间同行。

# 岩 石

风沉沉地吹着，它已经失去了热量，因为这已经是秋天。

无动于衷的是岩石。一切植物都有各自的季节性，但岩石没有，没有季节性的同时，岩石将生命也舍弃了。

岩石因此永恒。

其他永恒的东西也大抵如是——它们都不再像一个活生生的人那样呼吸。

诺贝尔文学奖只授予还活着的作家，就难免有时会出错了——翻翻诺贝尔文学奖获得者名单，默默无闻也就是被忘记而不能永恒的，几乎与永恒的一样多。还是我们的老祖宗睿智，"盖棺论定"，减少了犯错误的机会。

不过，凡是永恒的有另一种生命，岩石也是如此。如果你能够静下来，你就能听到岩石的呼吸，听到那些它从来没有说出的话，在风中，又不在任何风中。

为了做到这一点，我正在努力学习。

岩石曾经变化，以找到它需要的形式。

很少有人能看到这个过程。我与众人一样，看到的只是已经定型的岩石，它们一动不动地在它们在的位置上，已经穿越数亿万年，到达时间的这里。

它们还在变化，但不再是它们横空出世时那样剧烈甚至激烈的变化，而仅仅是不露声色的风化，一个人生命太短，穷其一生，也难以觉察到岩石的这种细微变化。

只要岩石足够坚硬，足够巨大，风化的便不过是岩石微不足道的表层，我们可以把这称为"磨损"。至于那不可触及的岩石的内部，不属于理解，而只属于想象。

——你所想象的，必是你不能触及而不理解的。

因此，想象是对理解的一种补充，理解止步之时，就是想象开始之处——不能转换的时间和空间因此发生了转换。

我想到这些，只是因为我刚才在想象一块巨大的岩石，它既具体又抽象，像一个沉默的启示。

# 雁　鸣

渚白风清,一摊明月晒银沙的夜晚,我忽然听到了雁鸣,仅仅是短促的两声,便戛然而止,就像并没有雁鸣叫过似的,仍然是月色如洗,河滩银沙照夜,昊天风过无痕。但我知道已经有什么发生了,肯定发生了,夜、天空、我的心境,在雁鸣叫的那一刹那,都仿佛被什么东西划出了深深的口子,但也不是疼痛,而是一种难以言说的有什么东西被掏走了以后的空落落的感觉。

有一点可以肯定:并不是悲秋。

那么,究竟是为了什么而有这种感觉呢?我随手拿过一本书,但并没有打开,我记得里面有这样的句子:

　　没有时间的空间,
　　月亮是沙子的颜色。

这是博尔赫斯短诗《沙漠》中的句子。再翻过几页,是聂鲁达的短诗《海洋》:

　　比水波更纯粹的躯体,
　　盐洗刷海岸,

而明亮的鸟

飞着，在地上没有根。

　　我为什么想起这么几行诗？恰好它们的题目又是"沙漠"和"海洋"呢？我不知道。但我似乎从这几行诗看见了在高高的夜空飞行，发出短促鸣叫的那只孤雁，那种鸣叫也是一种慰藉，就像月亮用它的光在黑夜里唱歌，虽然一切光或者声音最终都会成为灰烬，但月亮必然重生，光也必然重生。

　　一切结束和开始，都像一声雁鸣离得这么远又这么近。

# 某些植物

## 狗尾草

无人知道狗尾草是如何被种植——在乡村，在荒漠，甚至在城市，在所有人童年的记忆里，它们无处不在。

其实它们的尾巴在夏天就已经长出，只是当秋天压弯了它们时，才被人们注意。这隐藏着什么暗示吗？我想了想，没有想出个所以然。

没有人喜欢狗的尾巴，但没有人会不喜欢狗尾草的狗尾巴。摇曳着狗尾的狗尾草，带来的是什么消息？

狗尾草从视线里消失时，一年将尽，但有人会回忆那些狗尾草：它们从真实而芜杂的背景中被分离出来，明亮而摇曳，是心灵的一部分。

## 某些植物

某些植物在秋天开花。

这仿佛不合时宜——它们为什么放弃了春天？

动物们，包括人，好像不犯这样的低级错误。

但是，这些在秋天开花的植物一代代繁衍下来了。而且完全可以推想，它们在地球上出现，第一次在秋天开花时，地球上还没有人。

它们，或许比人更敏感地意识到，秋天来了，温暖正在逐渐减少，因此它们开花，以花的热烈，显示它们生命的梦；表明，生命可以比那些霜更加明亮，也远为艳丽？

不过，它们更多的不过是一些野草，多余，却又必须；无人注意却又重要。

## 仙人掌在开花……

仙人掌在阳台的花盆里开花。红色，极其鲜艳，向阳的那一面花儿尤多。

其实我是刚刚看见它在开花。不经意地，随便一瞥。

我承认，我对它不够关心，浇水时如果也浇灌了它，那肯定是因为在浇完其他花草后水壶里还有一点水——谁叫它没水也能活过炎热的夏天呢？

它好像也没有意见。

强者是得不到救助的。

强者也不需要救助。

仙人掌在无人关心中开花了，红色，有点类似愤怒的颜色。

## 深红色的桃花

一树深红色的桃花，在深红色中表达自己。

这是4月，在山上，沿途还可以看见通常都能看到的粉红色的桃花。

这棵开深红色桃花桃树的准确名字是什么？没人说得出。它的枝干，和其他桃树没有什么不同，照亮它的阳光也是一样的。

但我却想象黑暗中它的模样：黑暗缓缓但又突然地掠过它的面庞，它的花朵仍然是深红的，比黑暗淡一些，但也非黑暗中的火焰——这些花朵燃烧但收敛了火焰的光芒，因此它们可以和黑夜浑然一体。这也就是它们只在白昼，以光为背景才鲜艳地显示自己的原因。

这些因为深红色而独特的桃花让我感到，原来即使是必然要结出桃子的桃花，面对它们，也可以只看见这些花，而根本不曾想到果实。

# 札 记

  一个有雨的夜晚，雨声压倒了月光的声音。
  这是哪一年的雨，现在到达地面？
  雨不可理解。它离开天空，仿佛是为了表示它热爱人间的生活，人间有什么使它牵肠挂肚。
  事实当然不是如此，雨与人并无关系，仅仅是人与雨有说不清的恩怨。因此总是人在听雨，试图听出雨在说些什么，而雨，从来不理睬人说了什么。
  雨继续在下，雨声继续压倒月光的声音，我朝雨中望了望，只看见路灯下的雨的缝隙里，始终悬停在那儿的灯光，微黄，略有些白，什么也不曾表示暗示。
  我的室内充满了雨的凉意，在这夏天的一个夜晚。

  石头曾经生长，现在它们停下来了——也许停得更早，但只在现在才被我看见。
  我曾经有过一个念头，想看看石头的根，但我知道这不可能，石头的根一直通向地球深处，几无穷尽，整整一座山的石头被采走了，也不过使它与地面相平，何曾露出石头的根？
  根是石头的秘密，不允许我们看见。

它使石头从不摇晃，即使是一块已经与根断离的小小石块，也从不摇晃。

这是一个更大的秘密，我们对它一无所知。

我们所知道的是，石头与我们绝不相同。

我知道的还有一点：石头里有这个世界最彻底的荒凉，而石头自己对此一无所知，或者满不在乎。

云在天上飘来飘去，每次看到它，我都没有想到它仅仅是一些微小的水滴——科学是重要的，但生活中有些时候，并不需要它。

许多看起来重要的东西，都与此类似。

"道可，道非，常道。"老子如此说。

蝴蝶历来受到喜爱和赞美。因为什么？它美丽的色彩？看来是的。但有美丽色彩的东西很多，即使仅仅限于动物，也有许多，可并非都像蝴蝶这样备受宠爱。在我看来，主要是因为它飞翔的轻盈。轻到什么程度？轻如一梦。中国古代诗词中将蝴蝶和梦联系起来的例子很多。重一般是不受喜爱的，"笨重""沉重""重压"等等，与重紧密联系在一起的是笨、沉、压之类。而人生总是重的，重的人生使人自然而然地喜爱显示出轻的东西，包括"举重若轻"。

但轻也是危险的。米兰·昆德拉有本书的名字就叫《生命中不可承受之轻》。庄子则有一个著名的梦，后人称之为"庄生梦蝶"：庄子梦见自己变成了蝴蝶，醒来后怔怔地发呆，弄不清现在的自己究竟是蝴蝶变成的庄周，还是庄周变成的蝴蝶。这也是一个有着不可承受之轻的梦，而它的不可承受之轻就来自蝴蝶。

所以，一只蝴蝶的飞翔令人感到轻盈，众多蝴蝶的飞翔却让人感觉到美丽的迷茫。

迷茫并不必然意味着感伤。

城市。一个让多少人向往又让多少人皱眉的怪物。

我记起一次在合肥与几位朋友相聚时的谈话。一位大学毕业后才定居城市的朋友说："城市总是叫人难以适应，就说这噪声吧，到了深夜都刺耳，叫人不得安静。"另一位讶异地说："没有声音还叫城市？深夜都有噪声正表明这是真正的城市。"讶异的这一位，生在城市长在城市。

我也是"半路出家"成为城市居民的，自然对前一位朋友的话有同感。

皱眉归皱眉，却又不想离开这城市。

生存的一个悖论。

其他的悖论或许都还可以有解，生存的悖论却无人能够挣脱。

2003.7.6

## 雨的随想

雨水也像果实一样具有重量。

这是雨中的情景：平时离地面较高的树枝和它的叶子，都低低地垂了下来，湿漉漉的，仿佛有许多无形的果实，压迫着它们，拉拽着它们，使它们不得不离泥泞的地面近一些。

但这必须是暴雨，暴雨才具有这种重量。

我曾在旷野里承受过这种暴雨的鞭打，急速的鞭影在地面在空中形成幻觉似的一种白花花的呼啸。那种时候，我感到自己的身子似乎变矮了，这与暴雨中的树们有些相似——大自然在显示它暴虐的一面时，生存于其空间中的人或树，便没有多大区别了。

我正是从暴雨中的树那儿学会了承受这种突然袭来的重量，学会了坚定地站着，并把这种重量转化为无形的果实。

这种果实是只能给自己享用的——并非吝啬，而是无形之果本质上只能归发现它、生成它的那个人享用。

有一种雨我不知道它究竟能不能算是真正的雨，它态度暧昧，含含混混，接近于雾，但又不是雾。

我不知道它为什么要这样。

行走于其中，打伞似乎是过于夸张，当然更不适合穿上雨衣的盔甲。对于它，你只好放弃一切防御打击的念头，装出一副满不在乎的样子，就像置身于阳光之中一样地在它们之中行走——有时的确是有阳光，但它们自有办法与阳光同时并存——但渐渐地，衣服、头发都在不知不觉中湿了，不能冲洗污浊而只会很细心地把空气中每一颗细微的浮尘搜集起来的"雨"水，顺着面颊毛虫一样缓缓蠕动，仿佛是存心要考验你的忍耐力到底已修炼到什么程度似的。

而这样的雨，不下则已，一下，就不会像暴雨那样转瞬即逝了，它会慢慢吞吞地持续很长时间。

但你也有可能会喜欢上它——"润物细无声"的，似乎正是这"细雨湿衣看不见"的非雨非雾的怪物。

你喜欢吗？站在人而非植物的角度，我对它感到厌恶。

## 雨中行走

我不能阻止这秋雨。它必须熄灭那些空气中的尘土,让秋天洁净。

但它溅起泥浆,弄脏了我的鞋——我正在雨中行走。

这是不能两全的事情。不能两全的事情到处都是,仿佛埋伏着,当你走近,它就与你迎面相撞,你需要取舍,非此即彼。

哲学中没有非此即彼,但生活里有,那些看得见和看不见的灰尘中有。

天空也还能够非白即黑——那些灰色的云,可以看成是向白或者向黑的过渡。生活中没有,生活中所有的色彩都混在一起,不像人穿的衣服颜色鲜明,更不像那些各种各样的花,都选择让人一目了然的色彩。

花的生活让人羡慕。但我无法变成一朵花。所有的人也都无法变成一朵花。离开自己的躯体怒放成一朵花,仅仅是幻想,青天白日的一个梦或者夜里的一个梦;说谁是一朵花,也只是一个比喻。如果真的把自己当成一朵花,那就麻烦大了。

人的生活因此复杂,需要思考,判断,选择。但要得到,并且总是得到正确的结论或者结果,很难。

为什么很难?东郭子请教庄子:"所谓道在哪儿?"庄子说:

"无所不在。"东郭子对这个回答不满意。庄子说:"在蝼蚁。"东郭子很诧异:"何其下耶?"庄子接着说:"在稊稗。"东郭子惊讶道:"怎么越来越甚?"庄子接着说:"在屎溺。"东郭子不语。美国人史蒂文斯在许多年后自言自语:"在狗群和粪堆里,你会继续与你的思想抗争。"

抗争的结果是什么?不得而知。我们都知道的,是苍蝇和蜜蜂都喜欢并且都在寻找菊花的清香。

于是,不如下雨,雨干脆利落,坠落的时候带着空气中的尘土一起坠落,浑浊之后自行慢慢澄清。

但雨有停的时候——我仍然在路上走着时,雨就停了,云层逐渐消失,天空重新出现,雨后的世界重新获得了万物的理解。

# 荒　原

这不是艾略特的荒原，这是繁华而热闹的城市，涌动的人群，闪烁的金碧辉煌的招牌，喧闹的超市，外表看起来沉静文雅的卡拉OK以及舞厅……风吹进这儿的任何一条街巷便会被消解，这儿吹拂的是另一种风，除了不属于自然界，它属于能够想到的所有的有形无形之物，譬如人、欲念、商品、时髦等等等等，它吹拂着，如入无人之境——那些人宛如稻草人，最潮湿的地下室或者早晨也已不能使灵魂发芽。那些人被这风吹着，他们嘴唇干裂，就像荒原的冻土那样地干裂，而的确有雨以及雪交替下着，有雷声走远然后又会回来……

这是荒原，但这是我们的荒原，我们就在这儿生活，我们已习惯认为，并且常常重复说：我们正在建设。

看法是重要的。它能够改变一个事物。虽然与事物比起来，荒原太大了。

# 忠 实

在仍然是老式的百货大楼，在新式的超市，置身于形形色色的商品之中，我总是感到眩晕。这无可辩驳地表明，我远远落后于这个时代。

但我忠实于这个时代。这并不矛盾，每一个时代总是包含着两个时代，浮在面上的是一个，它总是迅速地变化，并且大喊大叫，召唤着它声势浩大的追随者；沉在下面的是另一个，它以不变应万变，并且沉默，苛刻地挑选与它一样能够沉默的人，只在很少的时候才开口说话。

一总是由二组成的。因此，我能理解那些在光怪陆离的商品中感到快乐的人，有时我也会稍稍放慢脚步，看看某一家刚刚开张的超市门前排开的乐队——他们穿着类似军服那样的服装，卖力地演奏着，表明他们对得起雇主付给他们的工钱。

这也是一种忠实。

## 哲学问题

灯泡的寿命越来越短了,我遇到的创最短纪录的一个,就像大风中划着的火柴,一闪就灭了。

这究竟应该归之于制造的质量越来越差,还是应该看成是给予更多的灯泡以发亮的机会?这里面肯定有辩证法,辩证法属于哲学,因此很显然,这个问题不应去问工厂,工厂从不生产哲学。

但是向谁请教呢?也许,有些问题的价值就在于它是问题,而不在于它是一个有答案的问题。

不过,没有答案的问题一旦去思考它,也很像大风中划亮的火柴:一闪就灭了之后,留给你的是更黑的黑暗。

# 火　柴

　　火柴的重要性在朝与时代相反的方向移行，但可以肯定的是，火柴将一直存在，因为它是火柴，而不是打火机等等。

　　在大风中划亮火柴并能够保持它的燃烧，曾经是一种很重要的技巧，因为它不仅关系到补充能量，有时甚至关系到生命的存亡。我曾花了很长时间才得以掌握这种技巧。它的要诀一是速度，极快地完成划着火柴，和立即以左掌在外右掌在内形成避风屏障的动作，二是要迎着风，而不是背对着风（当然，如果有大衣之类可以撑开遮风之物，不仅可以背风而且背风才是上策）。掌握之后也没用过几回。经常发生的却是另一种事，夜晚划着火柴找东西，要找的东西还没找着，火柴已经烧痛了手指，急忙扔掉火柴，手指加剧的疼痛使人忘记了刚才要找的东西。多年以后，读到一位外国诗人的一首诗，写的竟然就是这种情景。照亮你的也会烧痛你，而疼痛，比任何东西都享有集中并垄断你全部注意力的"优先权"。

　　火柴的头子一般是红色的，但也有黑色的，那与火焰色泽相反的颜色。我不知道火柴头的颜色是人为的还是自然、随机的。我缺乏这方面的常识。

# 深　秋

秋风吹过大地，最后的庄稼和不是庄稼的草，一齐起伏、摇曳。水现在终于可以在河流或渠道里安静地流着，它们很瘦，风吹过时有些弱不禁风的样子，但完全可以放心，水从来不会倒下，水总在流淌。

村庄站在黄绿之间。这是暂时的，随着时间的推移，秋天的深入，黄色将成为主宰的色调，那是成熟的谷物的颜色，也是落叶、枯草的颜色，但在平原，它不是土地的颜色，平原的泥土是微黑或微微发白的，当这种微黑或微白完全裸露出来，冬天也就来临了。

我在村庄边上无目的地走着，随意地看看进入眼帘的东西：一丛草，一片低下头的晚稻，一只好像有什么急事匆匆跑过的狗，几只在地里搜寻食物的鸡……这些都是我熟悉的，但在这个秋天它们再次出现在我面前时，有了我必须重新认识的意义——它们都是乡村生活的组成部分，散发着浓郁的日常气息……

有些植物的种子悄悄落下来了，其中的一些会幸运地被灰尘或将会腐烂成泥的枯草落叶掩埋，静静地度过一个冬天，然后猛然一抖，探出碧绿的头，眺望曾经只属于它们父母的世界——

那就是春天了。

# 春天的河流

春天的河流，没有风也仍然泥沙翻滚，颜色浑浊，站在河流边上，看见的只是水，因为浑浊而显得深浅莫测的水，它不停地奔流，并在奔流中不断地上涨，迫使站得离它太近的你必须后退。

它浑浊只是因为它正在生长。

彻底停止生长的秋天，水便清澈下来了，无风水面琉璃滑，有风，也只能吹起限于它表面的波浪。这表明，秋天的水的本质是安静，正是安静使它清澈。

浑浊和清澈都是美，但性质不同：一个正在生长，一个已无力挟泥沙而俱下。

但也有例外，春天里也有翻滚着清澈的河流。那是否就是美中之美？它竟然能够清澈地生长！

# 绿 叶

夏天的烈焰已经燃起，绿叶比我们先感受到了这个公开的秘密，秘密历来就是一种重力，重力加速度，它们因此加快了生长的速度，它们要赶在烈焰熊熊之前，占领地面上的天空，布置好遮挡的绿荫。

它们为什么要这样做？它们沙沙作响的声音中，隐藏着多少不为人知只属于它们自己的思想。它们因此被人们赞颂，包括它们的颜色，那浅绿的、深绿的甚至是苍老的青绿色，都得到毫无保留的赞颂，当它们老了，枯黄着落去，凋谢的花也得不到它们拥有的那么多叹息！

人们历来就是这样，对于自己一无所知或知之甚少的东西，不是坚决反对就是热烈歌颂。唯一可以安慰自己的是概率：次数多了，也会有正确的时候。而更多的时候，就像绿荫投下阴凉可以作为应该赞颂绿叶的证明一样，判断的错误被模糊了，看起来完全就像是对的。

# 早春之夜

这是一个无风的夜晚,空气在停滞中显得安详,什么声音也没有,一切宁静,宁静得甚至连星星也收敛起自己的光,仿佛唯恐肆意挥霍的光会毁坏了这宁静似的。

我由此看见了安详和宁静的反面,并且因此加倍感受到这个早春之夜的寒意。那寒意渐渐流动起来,但依然没有声音,只能感觉,不能看见或听见,更不可能把握、抚摸。

能够这样感觉的人必然也是安详的,虽然并不一定宁静。我正是如此,置身在安详的心境中的我,内心中有一种东西在翻腾,川流不息。那是什么东西或者说情感?我不知道,也懒得知道,安详和宁静的反面已经够我看的了——安详的反面是停滞,宁静的反面则是黑暗,它们,安详与宁静,停滞和黑暗,互相重叠,合二为一,但也许它们本来就是一,只是"它"而且也只有"它",不是"它们"也没有"它们";而且本来就不存在"正面"和"反面",所谓"正面"和"反面",完全是人为的,人的眼睛一次只能看见一面这个特点,限制了人的心灵以及判断力。

而我,此刻显然在我内心里破坏了作为一的安详与宁静——我以我的安详但不宁静将它割裂开来了。

当然,我不是故意的。

# 雨 夜

## 1

雨下在安庆，从窗口望去，远处的灯火都在蒙蒙细雨里。而被亮着灯火的楼房遮挡的后面，有我看不见的灯火和飘荡的雨丝……

这是寒露之后的秋夜。在这有雨的夜，寒露还会降临吗？

雨在接近我。我能听见它的喃喃低语。不过，我不能准确地知道它在诉说什么。

我想起田野，没有确定地点的田野，它在雨中安宁如夜色，似乎睡了，但如果你走近它，就会发现，田野仍一如既往地醒着，每一脚下去，都能感受到它的轻微颤抖——它平日的坚硬此刻被这柔柔的细雨滋润，变得松软了，如同一个人被温情瓦解。但只有田野，也就是大地能将这寒露之后的冷雨视为滋润，人，和其他万物，能做到这一点么？

雨夜的城市照例地显得安静。这使得此刻的城市除了太多的灯火，有点像乡村的雨夜了——我为何眷念乡村？是因为那儿无边无际的广袤的大地么？看来是的，那儿，黑色的夜中，有同样是黑色的大地在雨中朝四面八方奔驰，创造出了伟大的辽阔……

## 2

不同的时间和地点,雨声都是一样的,它们似乎从不变化,也永远不屈从于时间。

我想起我童年的雨、少年的雨、青年的雨,似乎也可以想起壮年的雨了——

南宋蒋捷有首词《虞美人·听雨》:"少年听雨歌楼上,红烛昏罗帐。壮年听雨客舟中,江阔云低断雁叫西风。而今听雨僧庐下,鬓已星星也。悲欢离合总无情,一任阶前、点滴到天明。"第一次读到它我还是少年。重读,这首有强烈时间感的词,却仍然如初读没有时间感。奇怪的现象。而没有蒋捷听雨歌楼上等等经历的人,也仍然被它打动,似乎和他经历相同或者相似。实际上当然不是这样,相同或相似的,是少年不知雨滋味,壮年雨声无际天阔云却低,和"而今"悟得雨声却已欲说还休,一任阶前点滴到天明。

看来我没有到欲说还休的时候,因为我还想说,我还在写这篇听雨的文字,那么,我悟得雨声了吗?

雨声不管听雨的人悟或未悟,而且,现在是夏天,下的是豪雨,不是点滴,而是乱声齐鸣,慷慨激烈……

这样的雨声,是连它自己也未悟的。

悟有悟的深邃,未悟有未悟的好处,无须强求什么,就让雨声自己决定它的大小强弱、连续或断续吧。

# 在夜里

即使是夜间，我的思想也仍然明亮，但别人一无所知，它只照亮我的内部宇宙，照亮那些从外部转入我内部的事物，使它们显现，有了轮廓的规定，和变化的投影。

是的，换句话说就是我在思考。我思考我见过的，也思考我没见过的，和永远不可能见到的。

我通常在夜间思考。这不仅仅因为我白天必须忙碌，为生存忙碌，为非生存忙碌，也为介于这两者之间的东西忙碌——在白天，我和其他所有人没有多少不同，其暗藏的"为非生存忙碌，也为介于这两者之间的东西忙碌"，虽然表示了不同，但因其暗藏也不为人觉察。

这很好。我愿意同于众人。

但在夜间，我可以拥有只是我的夜，在只是我自己的夜里，思想我愿意思想的东西。那些东西，仿佛是夜色使光显现一样，使它们显现，并且通过我的想象获得形式甚至形象，安静地望着我，但更多的时候是纷繁杂乱，甚至喧哗、叫嚣，如同朝我示威。我必须使它们安静下来，各就各位——这是我的责任，一个人的责任。我这样以为。

我这样思想没有什么实用性或者实用价值。仅仅是证明我是人，不是被叫作人的动物。

有时候，为了一个简单的目的，就要耗费一生。

而我仍然不知道，那些思想是怎么找到我的，但我知道它们被我说出，写出，被叫作诗歌或者散文。

而更多的仍然在我心的内部，也许永远不会被我说出或写出。就像夜，虽然夜色涌动，却从来不曾说过什么。

# 睡　莲

睡莲盛开。

盛开的睡莲也仍然是叶多于花，绿得发亮的叶子，丰腴的叶子，睡美人一样慵懒地睡在水面，而水面，照例是池塘的水面，或者是小河的水面。如果叫湖，那其实也仍然只是一个比较大的池塘，而不是真正的湖。

我不知道睡莲是不是能在真正波浪滔天的湖里生长，因为我从没见到过。想来是不能的吧。

能在湖里生长的是莲，不睡而总是站着的莲。"接天莲叶无穷碧，映日荷花别样红"吟咏的就是站着的莲。

但睡在水面的莲也是可爱的，因为它仍然保持了莲的本性，出淤泥而不染。并且它是清凉的，允许雨珠和目光在它的叶子和花上停留，蒸发去夏日的炎热，做一个梦，在正午的阳光下或者入夜的星光里，找到最秘密的情感的波浪。

# 短　章

## 一

所有的雨声都是不完整的。

这是因为雨都是碎的吗？似乎是的。

今夜有雨。它从傍晚下起，我在路上与它迎头相遇，我只能加快脚步，被它追赶，被它拦截。

没有人能对抗雨。因为它是碎的，无数的碎片。如果它是一个整体，或许就能避开它。

也许有人会辩驳说：雨声是完整的。

那么好吧，我不反对别人听到完整的雨声，但我仍然从完整的雨声中听出不完整来。

——这世上，有什么是完整的？

因为不完整，才有了对完整的向往。

## 二

夏天来了，因为春天已经结束。

云来了，却可能是因为雨还没有开始。

我喜欢在田野上看云的影子：云的影子在麦地上移动，被云影短暂笼罩的麦子变成深青色，似乎突然深沉了。

炎热的夏天让一切变得轻浮，其实，夏天应该是一个深沉的季节，因为到处都挤满了生命。

## 三

我母亲去世十年了。这十年给我的感觉，是过得奇怪地快。

母亲如果还活着，我是不是就不会有这样的感觉？

我想起得最多的一个细节，是母亲去世前不久我回去看她，她坐在桌子对面，看着我吃饭的神情和眼神。

那时我就想流泪。

现在，写下上面这些文字时，我又忍不住地流泪了。

## 四

风吹过来的，可能是惆怅，也可能是快乐。但现在风吹过来的是无动于衷——我不动感情地被风吹拂，看了看天空。

看看天空也没有目的，至少并不是为了预测天气。仅仅是习惯，儿时我就喜欢看看天空。

这是又一个5月的风，5月的天空。

汛期的长江也没有多少水了，也几乎没有行驶的船，波浪柔弱地起伏着，不再创造故事。

我感觉如在梦中。

当然，不是所有的梦都是美的。

# 秘 密

春寒如悬崖，无风也有料峭的寒流如风涌来，让早春和冬天变得不分明起来。

植物们在这时比人清醒，它们确切而毫不动摇地知道，春天来了，是该准备发芽或者开花的时候了。

植物比动物低一等，人又比其他动物高出一等甚至许多。但是，这时的人凭本能却是不能认出春天的。

我感到我必须向植物致敬——植物，带领我走过这悬崖。

桌上的一本书被风打开。那是一本暂时无人阅读的书，因此它现在等同于秘密。

风继续吹它，树枝的阴影移过来，投射到那些翻过来翻过去的书页上——这是些还没有长出叶子的树枝，当然，也没有开出花来。

树枝把它光秃秃的影子投到书页上来是想干吗呢？完全无意识的一个现象？

也许是的，就像我无意识地看到了这一景象，凝望，但并没有想去理解。

树枝，树这种植物的一部分，但连接着整体。